梁实秋散文精选集

人间烟火，最是滋味

名家經典 典藏

梁实秋◎著

中国出版集团公司
中国民主法制出版社
全国百佳图书出版单位

所谓“一箪食，一瓢饮”，就是形容生活状态之极端的刻苦。

恶衣恶食，不足为耻；丰衣丰食，不足为荣。这在个人修养上是应有的认识。

生命有限，吃一顿就少一顿，每一餐都不能辜负。

我不要你风生虎啸，我愿你老来无事饱加餐。

目录

第一章 饮食男女

第二章 北平的味美

第三章 街头小味

第四章 小时候的味道

第五章 家常小菜

第六章 年年有余

第七章 好吃的味道

第一章

饮食男女

人 间 烟 火 ， 最 是 滋 味

RENJIANYANHUO,ZUISHIZIWEI

吃

据说饮食男女是人之大欲，所以我们既生而为人，也就不能免俗。然而讲究起吃来，这其中有艺术，又有科学；要天才，还要经验，尽毕生之力恐怕未必能穷其奥妙。听说美国哥伦比亚大学师范学院（就是杜威、克伯屈的讲学之所），就有好几门专研究吃的学科。甚矣哉，吃之难也！

我们中国人讲究吃，是世界第一。此非一人之言也，天下人之言也，随便哪位厨师，手艺都不在杜威、克伯屈的高足之下。然而一般中国人之最善于吃者，莫过于北京的破落旗人。

从前旗人，坐享钱粮，整天闲着，便在吃上用功，现在旗人虽多中落，而吃风尚未尽泯。四个铜板的肉，两个铜板的油，在这小小的范围之内，他能设法调度，吃出一个道理来。富庶的人，更不必说了。

单讲究吃得精，不算本事。我们中国人外带着肚量大，一桌酒席，可以连上一二十道菜，甜的、咸的、酸的、辣的，吃在肚里，五味调和。饱餐之后，一个个的吃得头部发沉，步履维艰。不吃到这个程度，便算是没有吃饱。

荀子曰："无廉耻而嗜乎饮食，则可谓恶少者矣。"我们中国人，迹近恶少者恐怕就不在少数。

馋

馋，在英文里找不到一个十分适当的字。罗马暴君尼禄，以至于英国的亨利八世，在大宴群臣的时候，常见其撕下一根根又粗又壮的鸡腿，举起来大嚼，旁若无人，好一副饕餮相！但那不是馋。埃及废王法鲁克，据说每天早餐一口气吃二十个荷包蛋，也不是馋，只是放肆，只是没有吃相。对某一种食物有所偏好，于是大量地吃，这是贪多无厌。

馋，则着重在食物的质，最需要满足的是品味。上天生人，在他嘴里安放一条舌，舌上还有无数的味蕾，教人焉得不馋？馋，基于生理的要求，也可以发展成为近于艺术的趣味。

也许我们中国人特别馋一些。馋字从食，毚声。毚音馋，本义是狡兔，善于奔走，人为了口腹之欲，不惜多方奔走以膏馋吻，所谓“为了一张嘴，跑断两条腿”。

真正的馋人，为了吃，绝不懒。我有一位亲戚，属汉军旗，又穷又馋。一日傍晚，大风雪，老头子缩头缩脑偎着小煤炉子取暖。他的儿子下班回家，顺路市得四只鸭梨，以一只奉其父，父得梨，大喜，当即啃了半只，随后就披衣戴帽，拿着一只小碗，冲出门外，在风雪交加中不见了人影。他的儿子只听得大门哐啷一声响，追已无及。

越一小时，老头子托着小碗回来了，原来他是要吃榅桲拌梨丝！从前酒席，一上来就是四干、四鲜、四蜜饯，榅桲、鸭梨是现成的，饭后一盘榅桲拌梨丝别有风味（没有鸭梨的时候白菜心也能代替）。这老头子吃剩半个梨，突然想起此味，乃不惜于风雪之中奔走一小时。这就是馋。

人之最馋的时候是在想吃一样东西而又不可得的那一段期间。希腊神话中之谭塔勒斯，水深及颚而不得饮，果实当前而不得食，饿火中烧，痛苦万状，他的感觉不是馋，是求生不成求死不得。馋没有这样的严重。人之犯馋，是在饱暖之余，眼看着、回想起或是谈论到某一美味，喉头像是有馋虫搔抓作痒，只好干咽唾沫。一旦得遂所愿，恣情享受，浑身通泰。

抗战七八年，我在后方，真想吃故都的食物，人就是这个样子，对于家乡风味总是念念不忘，其实“千里莼羹，未下盐豉”也不见得像传说的那样迷人。

我曾痴想北平羊头肉的风味，想了七八年；胜利还乡之后，一个冬夜，听得深巷卖羊头肉小贩的吆喝声，立即从被窝里爬出来，把小贩唤进门洞，我坐在懒凳上看着他于暗淡的油灯照明之下，抽出一把雪亮的薄刀，横着刀刃片羊脸子，片得飞薄，然后取出一只蒙着纱布的羊角，撒上一些椒盐。我托着一盘羊头肉，重复钻进被窝，在枕上一片一片地把羊头肉放进嘴里，不知不觉地进入了睡乡，十分满足地解了馋瘾。但是，老实讲，滋味虽好，总不及在痴想时所想象的香。

我小时候，早晨跟我哥哥步行到大鹁鸽市陶氏学堂上学，校门口有个小吃摊贩，切下一片片的东西放在碟子上，洒上红糖汁、玫瑰木樨，淡紫色，样子实在令人馋涎欲滴。走近看，知道是糯米藕。一问价钱，要四个铜板，而我们早点费每天只有两个铜板。我们当下决定，饿一天，明天就可以一尝异味。所付代价太大，所以也不能常吃。糯米藕一直在我心中留下了不可磨灭的印象。后来成家立业，想吃糯米藕不费吹灰之力，餐馆里有时也有供应，不过浅尝辄止，不复有当年之馋。

馋与阶级无关。豪富人家，日食万钱，犹云无下箸处，是因为他这种所谓饮食之人放纵过度，连馋的本能和机会都被剥夺了，他不是不馋，也不是太馋，他麻木了，所以他就要千方百计地在食物方面寻求新的材料、新的刺激。

我有一位朋友，湖南桂东县人，他那偏僻小县却因乳猪而著名，他告我说每年某巨公派人前去采购乳猪，搭飞机运走，充实他的郇厨。烤乳猪，何地无之？何必远求？我还记得有人治寿筵，客有专诚献“烤方”者，选尺余见方的细皮嫩肉的猪臀一整块，用铁钩挂在架上，以炭火燔炙，时而武火，时而文火，烤数小时而皮焦肉熟。上桌时，先是一盘脆皮，随后是大薄片的白肉，其味绝美，与广东的烤猪或北平的炉肉风味不同，使得一桌的珍馐相形见绌。可见天下之口有同嗜，普通的一块上好的猪肉，苟处理得法，即快朵颐。像《世说》所谓王武子家的烝豚，乃是以人乳喂养的，实在觉得多此一举，怪不得魏武未终席而去。人是肉食动物，不必等到“七十者可以食肉矣”，平素有一些肉类佐餐，也就可以满足了。

北平人馋，可是也没听说有谁真个馋死，或是为了馋而倾家荡产。大抵好吃的东西都有个季节，逢时按节地享受一番，会因自然调节而不逾矩。

开春吃春饼，随后黄花鱼上市，紧接着大头鱼也来了。恰巧这时候后院花椒树发芽，正好掐下来烹鱼。鱼季过后，青蛤当令。紫藤花开，吃藤萝饼；玫瑰花开，吃玫瑰饼；还有枣泥大花糕。

到了夏季，“老鸡头才上河哟”，紧接着是菱角、莲蓬、藕、豌豆糕、驴打滚、爱窝窝，一起出现。席上常见水晶肘，坊间唱卖烧羊肉，这时候嫩黄瓜、新蒜头应时而至。

秋风一起，先闻到糖炒栗子的气味，然后就是炰烤涮羊肉，还有七尖八团的大螃蟹。“老婆老婆你别馋，过了腊八就是年。”过年前后，食物的丰盛就更不必细说了。一年四季的馋，周而复始的吃。

馋非罪，反而是胃口好、健康的现象，比食而不知其味要好得多。

吃　　相

一位外国朋友告诉我，他旅游西南某地的时候，偶于餐馆进食，忽闻壁板砰砰作响，其声清脆，密集如连珠炮，向人打听才知道是邻座食客正在大啖其糖醋排骨。这一道菜是这餐馆的拿手菜，顾客欣赏这个美味之余，顺嘴把骨头往旁边喷吐，你也吐，我也吐，所以把壁板打得叮叮当当响。不但顾客为之快意，店主人听了也觉得脸上光彩，认为这是大家为他捧场。

这位外国朋友问我这是不是国内各地普遍的风俗，我告诉他我走过十几省还不曾遇见过这样的场面，而且当场若无壁板设备，或是顾客嘴部筋肉不够发达，此种盛况即不易发生。可是我心中暗想，天下之大，无奇不有，这样的事恐怕亦不无发生的可能。

《礼记》有“毋啮骨”之诫，大概包括啃骨头的举动在内。糖醋排骨的肉与骨是比较容易脱离的，大块的骨头上所连带着的肉若是用牙齿咬断下来，那龇牙咧嘴的样子便觉不大雅观。所以“割不正不食”“席不正不食”都是对于在桌面上进膳的人而言，啮骨应该是桌底下另外一种动物所做的事。

不要以为我们一部分人把排骨吐得噼啪响便断定我们的吃相不佳。各地有各地的风俗习惯。世界上至今还有不少地方是用手抓食的。听说他们是用右手取食，左手则专供做另一种肮脏的事，不可混用，可见也还注重清洁。我不知道像咖喱鸡饭一类黏糊糊儿的东西如何用手指往嘴里送。

用手取食，原是古已有之的老法。罗马皇帝尼禄大宴群臣，他从一只硕大无比的烤鹅身上扯下一条大腿，手举着鼓槌，歪着脖子啃而食之，那副贪婪无厌的饕餮相我们可于想象中得之。罗马的光荣不过尔尔，等而下之不必论了。

欧洲中古时代，餐桌上的刀叉是奢侈品，从十一世纪到十五世纪不曾被普遍使用，有些人自备刀叉随身携带，这种作风一直延至十八世纪还偶尔可见，据说在酷嗜通心粉的国度里，市尘道旁随处都有贩卖通心粉（与不通心粉）的摊子，食客都是伸出右手像是五股钢叉一般把粉条一卷就送到口里，干净利落。

不要耻笑西方风俗鄙陋，我们泱泱大国自古以来也是双手万能。《礼记》:“共饭不泽手。”吕氏注曰:“不泽手者，古之饭者以手，与人共饭，摩手而有汗泽，人将恶之而难言。”饭前把手洗洗揩揩也就是了。樊哙把一块生猪肘子放在铁盾上拔剑而啖之，那是鸿门宴上的精彩节目，可是那个吃相也就很可观了。

我们不愿意在餐桌上挥刀舞叉，我们的吃饭工具主要是筷子，筷子即箸，古称饭攲。细细的两根竹筷，搦在手上，运动自如，能戳、能夹、能撮、能扒，神乎其技。不过我们至今也还有用手进食的地方，像从兰州到新疆，“抓饭”“抓肉”都是很驰名的。我们即使运用筷子，也不能不有相当的约束，若是频频夹取如金鸡乱点头，或挑肥拣瘦地在盘碗里翻翻弄弄如拨草寻蛇，就不雅观。

餐桌礼仪，中西都有一套。外国的餐前祈祷，兰姆的描写可谓淋漓尽致。家长在那里低头闭眼口中念念有词，孩子们很少不在那里做鬼脸的。我们幸而极少宗教观念，小时候不敢在碗里留下饭粒，是怕长大了娶麻子媳妇，不敢把饭粒落在地上，是怕天打雷劈。

喝汤而不准吮吸出声是外国规矩，我想这规矩不算太苛，因为外国的汤盆很浅，好像都是狐狸请鹭鸶吃饭时所使用的器皿，一盆汤端到桌上不可能是烫嘴热的，慢一点灌进嘴里去就可以不至于出声。若是喝一口我们的所谓“天下第一菜”口蘑锅巴汤而不出一点声音，岂不强人所难？

从前我在北方家居，邻户是一个治安机关，隔着一堵墙，墙那边经常有几十口子在院子里进膳，我可以清晰地听到“呼噜，呼噜，呼——

噜”的声响，然后“咔嚓”一声。他们是在吃炸酱面，于猛吸面条之后咬一口生蒜瓣。

餐桌的礼仪要重视，不要太重视。外国人吃饭不但要席正，而且挺直腰板，把食物送到嘴边。我们“食不厌精，脍不厌细”，要维持那种姿势便不容易。我见过一位女士，她的嘴并不比一般人小多少，但是她喝汤的时候真能把上下唇撮成一颗樱桃那样大，然后以匙尖触到口边徐徐吮饮之。这和把整个调羹送到嘴里面去的人比较起来，又近于矫枉过正了。

人生贵适意，在环境许可的时候是不妨稍为放肆一点。吃饭而能充分享受，没有什么太多礼法的约束，细嚼烂咽，或风卷残云，均无不可，吃的时候怡然自得，吃完之后抹抹嘴鼓腹而游，像这样的乐事并不常见。我看见过两次真正痛快淋漓的吃，印象至今犹新。

一次在北京的“灶温”，那是一爿道地的北京小吃馆。棉帘启处，进来了一位赶车的，即是赶轿车的车夫，辫子盘在额上，衣襟掀起塞在褡布底下，大摇大摆，手里托着菜叶裹着的生猪肉一块，提着一根马兰系着的一撮韭黄，把食物往柜台上一拍：“掌柜的，烙一斤饼！再来一碗炖肉！”等一下，肉丝炒韭黄端上来了，两张家常饼一碗炖肉也端上来了。他把菜肴分为两份，一份倒在一张饼上，把饼一卷，比拳头要粗，两手扶着矗立在盘子上，张开血盆巨口，左一口，右一口，中间一口！不大的工夫，一张饼下肚，又一张也不见了，直吃得他青筋暴露满脸大汗，挺起腰身连打两个大饱嗝。

又一次，我在青岛寓所的后山坡上看见一群石匠在凿山造房，晌午歇工，有人送饭，打开笼屉热气腾腾，里面是半尺来长的酸面蒸饺，工人蜂拥而上，每人拍拍手掌便抓起饺子来咬，饺子里面露出绿韭菜馅。又有人挑来一桶开水，上面漂着一个瓢，一个个红光满面围着桶舀水吃。这时候又有挑着大葱的小贩赶来兜售那像甘蔗一般粗细的大葱，登时又人手一截，像是饭后进水果一般。

上面这两个景象，我久久不能忘，他们都是自食其力的人，心里坦荡荡的，饿来吃饭，取其充腹，管什么吃相!

饮　酒

酒实在是妙。几杯落肚之后就会觉得飘飘然、醺醺然。平素道貌岸然的人，也会绽出笑脸；一向沉默寡言的人，也会议论风生。再灌下几杯之后，所有的苦闷烦恼全都忘了，酒酣耳热，只觉得意气飞扬，不可一世，若不及时知止，可就难免玉山颓欹，剔吐纵横，甚至撒疯骂座，以及种种的酒失酒过全部地呈现出来。莎士比亚的《暴风雨》里的卡利班，那个象征原始人的怪物，初尝酒味，觉得妙不可言，以为把酒给他喝的那个人是自天而降，以为酒是甘露琼浆，不是人间所有物。美洲印第安人初与白人接触，就是被酒所倾倒，往往不惜举土地畀人以交换一些酒浆。印第安人的衰灭，至少一部分是由于他们的荒腆于酒。

我们中国人饮酒，历史久远。发明酒者，一说是仪逖，又说是杜康。仪逖夏朝人，杜康周朝人，相距很远，总之是无可稽考。也许制酿的原料不同、方法不同，所以仪逖的酒未必就是杜康的酒。《尚书》有《酒诰》之篇，谆谆以酒为戒，一再地说“祀兹酒”（停止这样的喝酒），“无彝酒”（勿常饮酒），想见古人饮酒早已相习成风，而且到了“大乱丧德”的地步。三代以上的事多不可考，不过从汉起就有酒榷之说，以后各代因之，都是课税以裕国帑，并没有寓禁于征的意思。酒很难禁绝，美国一九二〇年起实施酒禁，雷厉风行，依然到处都有酒喝。当时笔者道出纽约，有一天友人邀我食于某中国餐馆，入门直趋后室，索五加皮，开怀畅饮。忽警察闯入，友人止予勿惊。这位警察徐徐就座，解手枪，锵然置于桌上，索五加皮独酌，不久即伏案酣睡。一九三三年酒禁废，直如一场儿戏。民之所好，非政令所能强制。在我们中国，汉萧何造律：“三人以上无故群饮，罚金四两。”此律不曾彻底实行。事实上，酒楼妓馆处处笙歌，无时不飞觞醉月。文人雅士水边修禊，山上登高，一向离不开酒。名士风流，以为持螯把酒，便足了一生，甚至于酣饮无度，扬言“死便埋我”，好像大量饮酒不是什么不很体面的事，真所谓“酗于酒德”。

对于酒，我有过多年的体验。第一次醉是在六岁的时候，侍先君饭于致美斋（北平煤市街路西）楼上雅座，窗外有一棵不知名的大叶树，随时簌簌作响。连喝几盅之后，微有醉意，先君禁我再喝，我一声不响站立在椅子上舀了一匙高汤，泼在他的一件两截衫上。随后我就倒在旁边的小木炕上呼呼大睡，回家之后才醒。我的父母都喜欢酒，所以我一直都有喝酒的机会。“酒有别肠，不必长大”，语见《十国春秋》，意思是说酒量的大小与身体的大小不必成正比例，壮健者未必能饮，瘦小者也许能鲸吸。我小时候就是瘦弱如一根绿豆芽。酒量是可以慢慢磨炼出来的，不过有其极限。我的酒量不大，我也没有亲见过一般人所艳称的那种所谓海量。古代传说“文王饮酒千钟，孔子百觚”，王充《论衡·语增篇》就大加驳斥，他说：“文王之身如防风之君，孔子之体如长狄之人，乃能堪之。”且“文王孔子率礼之人也”，何至于醉酗乱身？就我孤陋的见闻所及，无论是“青州从事”或“平原督邮”，大抵白酒一斤或黄酒三五斤即足以令任何人头昏目眩、粘牙倒齿。唯酒无量，以不及于乱为度，看各人自制力如何耳。不为酒困，便是高手。

酒不能解忧，只是令人在由兴奋到麻醉的过程中暂时忘怀一切，即刘伶所谓“无思无虑，其乐陶陶”。可是酒醒之后，所谓“忧心如醒”，那份病酒的滋味很不好受，所付代价也不算小。我在青岛居住的时候，那地方背山面海，风景如绘，在很多人心目中是最理想的卜居之所，唯一缺憾是很少文化背景，没有古迹耐人寻味，也没有适当的娱乐。看山观海，久了也会腻烦，于是呼朋聚饮，三日一小饮，五日一大宴，划拳行令，三十斤花雕一坛，一夕而罄。七名酒徒加上一位女史，正好八仙之数，乃自命为酒中八仙。有时且结伙远征，近则济南，远则南京、北京，不自谦抑，狂言“酒压胶济一带，拳打南北二京”，高自期许，俨然豪气干云的样子。当时作践了身体，这笔账日后要算。一日，胡适之先生过青岛小憩，在宴席上看到八仙过海的盛况大吃一惊，急忙取出他太太给他的一个金戒指，上面镌有“戒”字，戴在手上，表示免战。过后不久，胡先生就写信给我说：“看你们喝酒的样子，就知道青岛不宜久居，还是到北京来吧！”我就到北京去了。现在回想当年酗酒，哪里算得是勇，真是狂。

酒能削弱人的自制力，所以有人酒后狂笑不止，也有人痛哭不已，更有人口吐洋语滔滔不绝，也许会把平素不敢告人之事吐露一二，甚至把别人的阴私也当众抖搂出来。最令人难堪的是强人饮酒，或单挑，或围剿，或投下井之石，千方万计要把别人灌醉，有人诉诸武力，捏着人家的鼻子灌酒！这也许是人类长久压抑下的一部分兽性之发泄，企图获取胜利的满足，比拿起石棒给人迎头一击要文明一些而已。那咄咄逼人的声嘶力竭的划拳，在赢拳的时候，那一声拖长了的绝叫，也是表示内心的一种满足。在别处得不到满足，就让他们在聚饮的时候如愿以偿吧！只是这种闹饮，以在有隔音设备的房间里举行为宜，免得侵扰他人。

《菜根谭》所谓“花看半开，酒饮微醺”的趣味，才是最令人低回的境界。

请　客

常听人说："若要一天不得安，请客；若要一年不得安，盖房；若要一辈子不得安，娶姨太太。"请客只有一天不得安，为害不算太大，所以人人都觉得不妨偶一为之。

所谓请客，是指自己家里邀集朋友便餐小酌，至于在酒楼饭店"铺筵席，陈尊俎"，呼朋引类，飞觞醉月，享用的是金樽清酒，玉盘珍馐，最后一哄而散，由经手人员造账报销，那种宴会只能算是一种病狂或是罪孽，不提也罢。

妇主中馈，所以要请客必须先归而谋诸妇。这一谋，有分教，非十天半月不能获致结论，因为问题牵涉太广，不能一言而决。

首先要考虑的是请什么人。主客当然早已内定，陪客的甄选大费酌量。眼睛生在眉毛上边的宦场中人、吃不饱饿不死的教书匠、一身铜臭的大腹贾、小头锐面的浮华少年……若是聚在一个桌上吃饭，便有些像是鸡兔同笼，非常勉强。把素未谋面的人拘在一起，要他们有说有笑，同时食物都能顺利地从咽门下去，也未免强人所难。主人从中调处，殷勤了这一位，怠慢了那一位，想找一些大家都有兴趣的话题亦非易事。所以客人需要分类，不能鱼龙混杂。客的数目视设备而定，若是能把所有该请的客人一网打尽，自然是经济算盘，但是算盘亦不可打得太精。再大的圆桌面也不过能坐十三四个体态中型的人。说来奇怪，客人单身者少，大概都有宝眷，一请就是一对，一桌只好当半桌用。有人请客宽发笺帖，心想总有几位心领谢谢，万想不到人人惠然肯来，而且还有一位特别要好带来一个七八岁的小宝宝！主人慌忙添座，客人谦让："孩子坐我腿上！"大家挤挤攘攘，其中还不乏中年发福之士，把圆桌围得密不通风，上菜需飞越人头，斟酒要从耳边下注，前排客满，主人在二排敬陪。

拟菜单也不简单。任何家庭都有它的招牌菜。可惜很少人肯用其所长，大概是以平素见过的饭馆酒席的局面作为蓝图。家里有厨师、厨娘，自然一声吩咐，不再劳心，否则主妇势必亲自下厨操动刀俎。主人多半是擅长理论，真让他切葱剥蒜都未必能够胜任。所以拟定菜单，需要自知之明，临时"钻锅"翻看食谱未必有济于事。四冷荤、四热炒、四压桌，外加两道点心，似乎是无可再减，大鱼大肉，水陆杂陈，若不能使客人连串地打饱嗝，不能算是尽兴。菜单拟定的原则是把客人一个个地填得嘴角冒油。而客人所希冀的也往往是一场牙祭。有人以水饺宴客，馅子是猪肉菠菜，客人咬了一口，大叫:“哟，里面怎么净是青菜！”一般人还是欣赏肥肉厚酒，管它是不是烂肠之食！

宴客的吉日近了，主妇忙着上菜市，挑挑拣拣，拣拣挑挑，又要物美又要价廉，装满两个篮子，半途休憩好几次才能气喘汗流地回到家。泡的,洗的,剥的,切的,闹哄一两天,然后丑媳妇怕见公婆也不行,吉日到了。客人早已折简相邀，难道还会不肯枉驾？不，守时不是我们的传统。准时到达，岂不像是“头如穹庐咽细如针”的饿鬼？要让主人干着急，等他一催请再催请，然后徐徐命驾，姗姗来迟，这才像是大家风范。当然朋友也有特别性急而提早莅临的，那也使得主人措手不及，慌成一团。客人的性格不一样，有人进门就选一个比较好的座位，两脚高架案上，真是宾至如归；也有人寒暄两句便一头扎进厨房，声称要给主妇帮忙，系着围裙伸着两只油手的主妇连忙谦谢不迭。等到客人到齐，无不饥肠辘辘。

落座之前还少不了你推我让的一幕。主人指定座位，时常无效，除非事前摆好名牌，而且写上官衔，分层排列，秩序井然。敬酒按说是主人的责任，但是也时常有热心人士代为执壶，而且见杯即斟，每斟必满。不知是什么时候什么人兴出来的陋习，几乎每个客人都会双手举杯齐眉，对着在座的每一位客人敬酒，一霎间敬完一圈，但见杯起杯落，如“兔儿爷捣碓”。不喝酒的也要把汽水杯子高高举起，虚应故事，喝酒的也多半是拧眉皱眼地抿那么一小口。一大盘热乎乎的东西端上来了，像翅羹，又像糨糊，一人一勺子，盘底花纹隐约可见，上面撒着的一层芫荽不知被哪一位像芟除毒草似的拨到了盘下，又不知被哪一位从盘下夹到嘴里吃了。还有人坚持海味非蘸醋不可，高呼要醋，等到一碟“忌讳”送上台面海味早已不见了。菜是一道一道地上，上一道客人喊一次“太丰富，太丰富”，然后埋头大嚼，不敢后人。主人照例谦称:“不成敬意,家常便饭。”心直口快的客人就许提出疑问:“这样的家常便饭，怕不要吃穷了？”主人也只好扑哧一笑而罢。将近尾声的时候，大概总有一位要先走一步，因为还有好几处应酬。这时候主妇踱了进来，红头涨脸，额角上还有几颗没揩干净的汗珠，客人举起空杯向她表示慰劳之意，她坐下胡乱吃一些残羹剩炙。

席终，香茗水果伺候，客人靠在椅子上剔牙，这时节应该是客去主人安了。但是不，大家雅兴不浅，谈锋尚健，饭后磕牙，海阔天空，谁也不愿首先言辞，致败人意。最后大概是主人打了一个哈欠而忘了掩口，这才有人提议散会。天下无不散之筵席，奈何奈何？不要以为席终人散，立即功德圆满。地上有无数的瓜子皮、纸烟灰，桌上杯碟狼藉，厨房里有堆成山的盘碗锅勺，等着你办理善后！

喝　茶

我不善品茶，不通茶经，更不懂什么茶道，从无两腋之下习习生风的经验。但是，数十年来，喝过不少茶，北平的双窨、天津的大叶、西湖的龙井、六安的瓜片、四川的沱茶、云南的普洱、洞庭湖的君山茶、武夷山的岩茶，甚至不登大雅之堂的茶叶梗与满天星随壶净的高末儿，都尝试过。茶是我们中国人的饮料，口干解渴，唯茶是尚。茶字，形近于荼，声近于槚，来源甚古，流传海外，凡是有中国人的地方就有茶。人无贵贱，谁都有份，上焉者细啜名种，下焉者牛饮茶汤，甚至路边埂畔还有人奉茶。北人早起，路上相逢，辄问讯："喝茶未？"茶是开门七件事之一，乃人生必需品。

孩提时，屋里有一把大茶壶，坐在一个有棉衬垫的藤箱里，相当保温，要喝茶自己斟。我们用的是绿豆碗，这种碗大号的是饭碗，小号的是茶碗，作绿豆色，粗糙耐用，当然和宋瓷不能比，和江西瓷不能比，和洋瓷也不能比，可是有一股朴实厚重的风貌，现在这种碗早已绝迹，我很怀念。这种碗打破了不值几文钱，脑勺子上也不至于挨巴掌。银托白瓷小盖碗是祖父母专用的，我们看着并不羡慕。看那小小的一盏，两口就喝光，泡两三回就得换茶叶，多麻烦。如今盖碗很少见了，除非是到故宫博物院拜会蒋院长，他那大客厅里总是会端出盖碗茶敬客。再不就是在电视剧中也常看见有盖碗茶，可是演员一手执盖一手执碗缩着脖子啜茶那副狼狈相，令人发噱，因为他不知道喝盖碗茶应该是怎样的喝法。他平素自己喝茶大概一直是用玻璃杯、保温杯之类。如今，我们此地见到的盖碗，多半是近年来本地制造的“万寿无疆”的那种样式，瓷厚了一些；日本制的盖碗，样式微有不同，总觉得有些怪怪的。近有人回大陆，顺便探视我的旧居，带来我三十多年前天天使用的一只瓷盖碗，原是十二套，只剩此一套了，碗沿还有一点磕损，睹此旧物，勾起往日的心情，不禁黯然。盖碗究竟是最好的茶具。

茶叶品种繁多，各有擅场。有友来自徽州，同学清华，徽州产茶胜地，但是他看到我用一撮茶叶放在壶里沏茶，表示惊讶，因为他只知道茶叶是烘干打包捆载上船沿江运到沪杭求售，剩下来的茶梗才是家人饮用之物。恰如北人所谓“卖席的睡凉炕”。我平素喝茶，不是香片就是龙井，多次到大栅栏东鸿记或西鸿记去买茶叶，在柜台前面一站，徒弟搬来凳子让坐，看伙计称茶叶，分成若干小包，包得见棱见角，那份手艺只有药铺伙计可以媲美。茉莉花窨过的茶叶，临卖的时候再抓一把鲜茉莉花放在表面上，所以叫作双窨。于是茶店里经常是茶香花香，郁郁菲菲。父执有名玉贵者，旗人，精于饮馔，居恒以一半香片龙井混合沏之，有香片之浓馥，兼龙井之苦清。吾家效而行之，无不称善。茶以人名，乃径呼此茶为“玉贵”，私家秘传，外人无由得知。

其实，清茶最为风雅。抗战前造访知堂老人于苦茶庵，主客相对总是有清茶一盅，淡淡的、涩涩的、绿绿的。我曾屡侍先君游西子湖，从不忘记品尝当地的龙井，不需要攀登南高峰风篁岭，近处平湖秋月就有上好的龙井茶，开水现冲，风味绝佳。茶后进藕粉一碗，四美具矣。正是“穿牖而来，夏日清风冬日日；卷帘相见，前山明月后山山”（骆成骧联）。有朋自六安来，贻我瓜片少许，叶大而绿，饮之有荒野的气息扑鼻。其中西瓜茶一种，真有西瓜风味。我曾过洞庭，舟泊岳阳楼下，购得君山茶一盒。沸水沏之，每片茶叶均如针状直立漂浮，良久始舒展下沉，味品清香不俗。

初来台湾，粗茶淡饭，颇想倾阮囊之所有在饮茶一端偶作豪华之享受。一日过某茶店，索上好龙井，店主将我上下打量，取八元一斤之茶叶以应，余示不满，乃更以十二元者奉上，余仍不满，店主勃然色变，厉声曰：“买东西，看货色，不能专以价钱定上下。提高价格，自欺欺人耳！先生奈何不察？”我爱其憨直。现在此茶店门庭若市，已成为业中之翘楚。此后我饮茶，但论品位，不问价钱。

茶之以浓酽胜者莫过于工夫茶。《潮嘉风月记》说工夫茶要细炭初沸连壶带碗泼浇，斟而细呷之，气味芳烈，较嚼梅花更为清绝。我没嚼过梅花，不过我旅居青岛时有一位潮州澄海朋友，每次聚饮酩酊，辄相偕走访一潮州帮巨商于其店肆。肆后有密室，烟具、茶具均极考究，小壶小盅有如玩具。更有娈婉卯童伺候煮茶、烧烟，因此经常饱吃工夫茶，诸如铁观音、大红袍，吃了之后还携带几匣回家。不知是否故弄玄虚，谓炉火与茶具相距以七步为度，沸水之温度方合标准。举小盅而饮之，若饮罢径自返盅于盘，则主人不悦，须举盅至鼻头猛嗅两下。这茶最有解酒之功，如嚼橄榄，舌根微涩，数巡之后，好像是越喝越渴，欲罢不能。喝工夫茶，要有工夫，细呷细品，要有设备，要人服侍，如今乱糟糟的社会里谁有那么多的工夫？红泥小火炉哪里去找？伺候茶汤的人更无论矣。普洱茶，漆黑一团，据说也有绿色者，泡烹出来黑不溜秋，粤人喜之。在北平，我只在正阳楼看人吃烤肉，吃得口滑肚子膨脝不得动弹，才高呼堂倌泡普洱茶。四川的沱茶亦不恶，唯一般茶馆应市者非上品。台湾的乌龙，名震中外，大量生产，佳者不易得。处处标榜冻顶，事实上哪里有那么多的冻顶？

喝茶，喝好茶，往事如烟。提起喝茶的艺术，现在好像谈不到了，不提也罢。

圆桌与筷子

我听人说起一个笑话，一个中国人向外国人夸说中国的伟大，圆餐桌的直径可以大到几乎一丈开外。外国人说："那么你们的筷子有多长呢？""六七尺长。""那样长的筷子，如何能夹起菜来送到自己嘴里呢？""我们最重礼让，是用筷子夹菜给坐在对面的人吃。"

大圆桌我是看见过的，不是加盖上去的圆桌面，是定制的大型圆餐桌，周遭至少可以坐二十四个人，宽宽绰绰的一点也不挤，绝无"菜碗常需头上过，酒壶频向耳边洒"的现象。桌面上有个大转盘（英语名为"懒苏珊"），转盘有自动旋转的装置，主人按钮就会不疾不徐地转。转盘上每菜两大盘，客人不需等待旋转一周即可伸手取食。这样大的圆桌有一个缺点，除了左右邻座之外，彼此相隔甚远，不便攀谈，但是这缺点也许正是优点，不必没话找话，大可埋头猛吃，做食不语状。

我们的传统餐桌本是方的，所谓八仙桌，往日喜庆宴都是用方桌，通常一席六个座位，有时下手添个长凳打横，只有在特殊情形下才加上一个圆桌面。炕上餐桌也是方的。方桌折角打开变成圆桌（英语所谓“信封桌”），好像是比较晚近的事了。

许多人团聚在一起吃饭，尤其是讲究吃的东西要烫嘴热，当然以圆桌为宜，把食物放在桌中央，由中央到圆周的半径是一样长，各人伸箸取食，有如辐辏于毂。因为圆桌可能嫌大，现在几乎凡是圆桌必有转盘，可恼的是直眉瞪眼的餐厅侍者多半是把菜盘往转盘中央一丢，并不放在转盘的边缘上，然后掉头而去，转盘等于虚设。

西方也不是没有圆桌。亚瑟王的圆桌骑士是赫赫有名的，那圆桌据说当初可以容一百五十名骑士就座，真不懂那样大的圆桌能放在什么地方，也许是里三层外三层围绕着吧。近代外交坛坫之上常有所谓圆桌会议，也许是微带椭圆之形，其用意在于宾主座位不分上下。这都不能和我们中国的圆桌相提并论，我们的圆桌是普遍应用的，家庭聚餐时，祖孙三代团团坐，有说有笑，融融泄泄；友朋宴饮时，敬酒、豁拳、打通关都方便。吃火锅，更非圆桌不可。

筷子是我们的一大发明。原始人吃东西用手抓，比不会用手抓的禽兽已经进步很多，而两根筷子则等于是手指的伸展，比猿猴使用树枝拨东西又进一步。筷子运用起来可以灵活无比，能夹、能戳、能撮、能挑、能扒、能掰、能剥，凡是手指能做的动作，筷子都能。没人知道筷子是何时何人发明的。如果《史记》所载不虚，“纣为象箸而箕子唏”，纣王使用象牙筷子而箕子忍气吞声地叹气，象牙筷子的历史可说是很久远了。箸原是策，竹子做的筷子；又作筴，木头做的筷子。象牙筷子并没有什么好，怕烫，容易变色。假象牙筷子颜色不对，没有纹理，更容易变色，而且在吃香酥鸭的时候，拉扯用力稍猛就会咔嚓一声断为两截。倒是竹筷子最好，湘妃竹固然好，普通竹也不错，髹油漆固然好，本色尤佳。做祖父母的往往喜欢使用银箸，通常是短短细细的，怕分量过重，这只为了表示其地位之尊崇。金箸我尚未见过，恐怕未必中用。箸之长短不等，湖南的筷子特长，盘子也特大，但是没有长到烤肉的筷子那样。

西方人学习用筷子那副笨相可笑，可是我们幼时开始用筷子的时候，又何尝不是像狗熊耍扁担？稍长，我们使筷子的伎俩都精了——都太精了。相传少林绝技之一是举箸能夹住迎面飞来的弹丸，据说是先从用筷子捕捉苍蝇练成的一种功夫。一般人当然没有这种本领，可是在餐桌之上我们也常有机会看到某些人使用筷子的一些招数。一盘菜上桌，有人挥动筷子如舞长矛，如野火烧天、横扫全境，有人胆大心细彻底翻腾如拨草寻蛇，更有人在汤菜碗里拣起一块肉，掂掂之后又放下了，再拣一块再掂掂再放下，最后才选得比较中意的一块，夹起来送进血盆大口之后，还要把筷子横在嘴里吮一下，于是有人在心里嘀咕：这样做岂不是把你的口水都污染了食物，岂不是让大家都于无意中吃了你的口水？

其实口水未必脏。我们自己吃东西都是伴着口水吃下去的，不吃东西的时候也常咽口水的。不过那是自己的口水，不嫌脏。别人的口水也未必脏。我不相信谁在热恋中没有大口大口咽过难分彼此的一些口水。怕的是口水中带有病菌，传染给别人和被人传染给自己都不大好。毛病不是出在筷子，是出在我们的吃的方式上。

六十多年前，我的学校里来了一位教英语的老师，我只记得他姓钟，外号人称“钟善人”，他在学校及附近乡村里狂热地提倡两件事，一是植树，一是进餐时每人用两副筷子，一副用于取食，一副用于夹食入口。植树容易，一年只有一度，两副筷子则窒碍难行。谁有那样的耐心，每餐两副筷子此起彼落地交换使用？如今许多人家，以及若干餐馆，筷子仍是人各一双，但是菜盘汤碗各附一个公用的大匙，这个办法比较简便，解决了互吃口水的问题。东洋御料理老早就使用木质短小的筷子，用毕即丢弃。人家能，为什么我们不能？我愿象牙筷子、乌木筷子以及种种珍奇贵重的筷子都保存起来，将来作为古董赏玩。

味　精

味精是外国发明的，最初市上流行的是日本的“味の素”，后来才有自制各种牌子的味精上市取代了日货。

“清水变鸡汤”，起初大家认为几乎是不可思议之事。有一位茹素的老太太，无论如何不肯吃加了味精的东西，她说有人告诉她那是蛇肉蛇骨做的，否则焉有那样好的味道？她越想越有理，遂坚信不疑。又有一位老先生，也以为味精是邪魔外道，只有鸡鸭煮出来的高汤才是调味的妙品。他吃面馆的馄饨，赞不绝口，认为那汤是纯粹的高汤，既清且醇。直到有一天亲眼看见厨师放进一小勺味精，他才长叹一声，有一向受骗之感。

其实味精并不是要不得的东西。从前我有一位扬州厨师，他炒的菜硬是比别人的好吃。我到厨房旁观他炒白菜。他切大白菜，刀法好，叶归叶，茎归茎，都切成长条形，茎厚者则斜刀片薄。茎先下锅炒，半熟才下叶，加盐，加几块木耳，加味精，颠起锅来翻两下，立刻取出，色香味俱全。

大凡蔬菜，无论是清炒或煮汤，皆不妨略加味精少许，但分量绝对要少。味精和食盐都是钠的化合物，吃太多盐则口渴，吃太多味精也同样口渴。我们常到餐馆吃饭，回到家来一定要大量喝茶，就是因为餐馆的菜几乎无一不大量加味精。甚至有些餐馆做葱油饼或是腌黄瓜也羼味精！有些小餐馆，在临街的柜橱里陈列几十个头号味精大罐（多半是空的）以为号召，其实是令人望而生畏。

现在有些人懂得要少吃盐的道理，对味精也有戒心。但是一般人还不甚了了。餐馆迎合顾客口味，以味精为讨好的捷径。常见有些食客，谆谆嘱咐侍者："菜不要加味精！"他们没有了解餐馆的结构。普通餐馆人员分为柜上、灶上、堂口三部分。各自为政，很少沟通。关照侍者的话，未必能及时传到灶上，灶上掌勺的大师傅也未必肯理。味精照加，嘱咐的话等于白说。

国人嗜味精成了风气，许多大大小小的厨师到美国开餐馆，把滥用味精的恶习也带到了美国。中国餐馆在美国，本来是以"杂碎"出名，虽然不登大雅之堂，却也相安无事。近年来餐馆林立，味精泛滥，遂引起"中国餐馆症候群"的风波，有些地方人士一度排斥中国餐馆，指控吃了中国菜就头晕、口渴、恶心。美国人没吃过这样多的味精，一时无法容纳，所以有此现象，稍后习惯了一些，也就不再嚷嚷了。

国内有些人家从来不备味精，但是女佣会偷偷地自掏腰包买一小包味精，藏在厨房的一个角落，乘主人不防，在菜锅里撒上一小勺。她的理由是：“不加味精不好吃嘛！”

第二章

北平的味美

人间烟火，最是滋味

RENJIANYANHUO, ZUISHIZIWEI

烧　　鸭

北平烤鸭，名闻中外。在北平不叫烤鸭，叫烧鸭，或烧鸭子，在口语中加一“子”字。

《北平风俗杂咏》严辰《忆京都词》十一首，第五首云：

忆京都·填鸭冠寰中

烂煮登盘肥且美，
加之炮烙制尤工。
此间亦有呼名鸭，
骨瘦如柴空打杀。

严辰是浙人，对于北平填鸭之倾倒，可谓情见乎词。

北平苦旱，不是产鸭盛地，唯近在咫尺之通州得运河之便，渠塘交错，特宜畜鸭。佳种皆纯白，野鸭花鸭则非上选。鸭自通州运到北平，仍需施以填肥手续。以高粱及其他饲料揉搓成圆条状，较一般香肠热狗为粗，长约四寸许。通州的鸭子师傅抓过一只鸭来，夹在两条腿间，使不得动，用手掰开鸭嘴，以粗长的一根根的食料蘸着水硬行塞入。鸭子要叫都叫不出声，只有眨巴眼的份儿。塞进口中之后，用手紧紧地往下捋鸭的脖子，硬把那一根根的东西挤送到鸭的胃里。填进几根之后，眼看着再填就要撑破肚皮，这才松手，把鸭关进一间不见天日的小棚子里。几十百只鸭关在一起，像沙丁鱼，绝无活动余地，只是尽量给予水喝。这样关了若干天，天天扯出来填，非肥不可，故名“填鸭”。一来鸭子品种好，二来师傅手艺高，所以填鸭为北平所独有。抗战时期在后方有一家餐馆试行填鸭，三分之一死去，没死的虽非骨瘦如柴，也并不很肥，这是我亲眼看到的。鸭一定要肥，肥才嫩。

北平烧鸭，除了专门卖鸭的餐馆如全聚德之外，是由便宜坊（即酱肘子铺）发售的。在馆子里亦可吃烤鸭，例如在福全馆宴客，就可以叫右边邻近的一家便宜坊送了过来。自从宣外的老便宜坊关张以后，要以东城的金鱼胡同口的宝华春为后起之秀，楼下门市，楼上小楼一角最是吃烧鸭的好地方。在家里，打一个电话，宝华春就会派一个小力巴，用保温的铅铁桶送来一只才出炉的烧鸭，油淋淋的，烫手热的。

附带着他还管代蒸荷叶饼葱酱之类。他在席旁小桌上当众片鸭，手艺不错，讲究片得薄，每一片有皮有油有肉，随后一盘瘦肉，最后是鸭头鸭尖，大功告成。主人高兴，赏钱两吊，小力巴欢天喜地称谢而去。

填鸭费工费料，后来一般餐馆几乎都卖烧鸭，叫作叉烧烤鸭，连焖炉的设备也省了，就地一堆炭火、一根铁叉就能应市。同时用的是未经填肥的普通鸭子，吹凸了鸭皮晾干一烤，也能烤得焦黄迸脆。但是除了皮就是肉，没有黄油，味道当然差得多。有人到北平吃烤鸭，归来盛道其美，我问他好在哪里，他说："有皮，有肉，没有油。"我告诉他："你还没有吃过北平烤鸭。"

所谓一鸭三吃，那是广告噱头。在北平吃烧鸭，照例有一碗滴出来的油，有一副鸭架装。鸭油可以蒸蛋羹，鸭架装可以熬白菜，也可以煮汤打卤。馆子里的鸭架装熬白菜，可能是预先煮好的大锅菜，稀汤洸水，索然寡味。会吃的人要把整个的架装带回家里去煮。这一锅汤，若是加口蘑（不是冬菇，不是香蕈）打卤，卤上再加一勺炸花椒油，吃打卤面，其味之美无与伦比。

烤羊肉

北平中秋以后，螃蟹正肥，烤羊肉亦一同上市。口外的羊肥，而少膻味，是北平人主要的食用肉之一。不知何故很多人家根本不吃羊肉，我家里就羊肉不曾进过门。说起烤肉就是烤羊肉。南方人吃的红烧羊肉，是山羊肉，有膻气，肉瘦，连皮吃，北方人觉得是怪事，因为北方的羊皮留着做皮袄，舍不得吃。

北平烤羊肉以前门肉市正阳楼为最有名，主要的是工料细致，无论是上脑、黄瓜条、三叉、大肥片，都切得飞薄，切肉的师傅就在柜台近处表演他的刀法，一块肉用一块布蒙盖着，一手按着肉一手切，刀法利落。肉不是电冰柜里的冻肉（从前没有电冰柜），就是冬寒天冻，肉还是软软的，没有手艺是切不好的。

正阳楼的烤肉支子，比烤肉宛、烤肉季的要小得多，直径不过一尺，放在四张八仙桌子上，都摆在小院里，四围是四把条凳。三五个一伙围着一个桌子，抬起一条腿踩在条凳上，边烤边饮边吃边说笑，这是标准的吃烤肉的架势。不像烤肉宛那样的大支子，十几条大汉在熊熊烈火周围，一面烤肉一面烤人。女客喜欢到正阳楼吃烤肉，地方比较文静一些，不愿意露天自己烤，伙计们可以烤好送进房里来。烤肉用的不是炭，不是柴，是烧过除烟的松树枝子，所以带有特殊香气。烤肉不需多少作料，有大葱、芫荽、酱油就行。

正阳楼的烧饼是一绝，薄薄的两层皮，一面粘芝麻，打开来会冒一股滚烫的热气，中间可以塞进一大箸子烤肉，咬上去，软。普通的芝麻酱烧饼不对劲，中间有芯子，太厚实，夹不了多少肉。

我在青岛住了四年，想起北平烤羊肉馋涎欲滴。可巧厚德福饭庄从北平运来大批冷冻羊肉片，我灵机一动，托人在北平为我定制了一具烤肉支子。支子有一定的规格尺度，不是外行人可以随便制造的。我的支子运来之后，大宴宾客，命儿辈到寓所后山拾松塔盈筐，敷在炭上，松香浓郁。烤肉佐以潍县特产大葱，真如锦上添花，葱白粗如甘蔗，斜切成片，细嫩而甜。吃得皆大欢喜。

提起潍县大葱，又有一事难忘。我的同学张心一是一位畸人，他的夫人是江苏人，家中禁食葱蒜，而心一是甘肃人，极嗜葱蒜。他有一次过青岛，我邀他家中便饭，他要求大葱一盘，别无所欲。我如他所请，特备大葱一盘，家常饼数张。心一以葱卷饼，顷刻而罄，对于其他菜肴竟未下箸，直吃得他满头大汗。他说这是数年来第一次如意的饱餐！

我离开青岛时把支子送给同事赵少侯，此后抗战军兴，友朋星散，这青岛独有的一个支子就不知流落何方了。

烧羊肉

大家都知道北平月盛斋的酱羊肉、酱牛肉，制作精良，闻名遐迩。其实夏季各处羊肉床子所卖的烧羊肉，才是一般市民所常享受的美味。月盛斋的出品虽然好，谁愿老远地跑到前门户部街去买他一斤两斤的肉？

烧羊肉和酱羊肉不同，味道不同，制法不同，吃法不同。酱羊肉是大块羊肉炖得烂透，切片，冷食。烧羊肉完全不一样。烧羊肉只有羊肉床子卖。所谓羊肉床子，就是屠宰售卖羊肉的店铺，到了夏季附带着于午后卖烧羊肉。店铺全是回族人的生意，内外清洁，刷洗得一尘不染。大块五花羊肉入锅煮熟，捞出来，俟稍干，入油锅炸，炸到外表焦黄，再入大锅加料加酱油焖煮，煮到呈焦黑色，取出切条。这样的羊肉，外焦里嫩，走油不腻。买烧羊肉的时候不要忘了带碗，因为他会给你一碗汤，其味浓厚无比。自己做抻条面，用这汤浇上，比一般的牛肉面要鲜美得多。正是新蒜上市的时候，一条条编成辫子的大蒜沿街叫卖，新蒜不比旧蒜，特别嫩脆。也正是黄瓜的旺季，切成条。大蒜、黄瓜佐烧羊肉面，美不可言。

离开北平，休想吃到像样的羊肉。湖南馆子的红烧羊肉，没有羊肉味，当然也就没有羊肉特具的腥膻，同时也就没有羊肉特具的香气，而且连皮带肉一起红烧，北方人看了一惊。有一天和一位旗籍朋友聊天，谈起烧羊肉，惹得他眉飞色舞，涎流三尺。他说，此地既有羊肉，虽说品质甚差，然而何妨一试？他说做就做，不数日，喊我去尝。果然有七八分相似，慰情聊胜于无，相与拊掌大笑。

锅烧鸡

北平的饭馆几乎全属烟台帮，济南帮兴起在后。烟台帮中致美斋的历史相当老。清末魏元旷《都门琐记》谈到致美斋："致美斋以四做鱼名。盖一鱼而四做之，子名'万鱼'，与头尾皆红烧，酱炙中段，余或炸炒，或醋熘、糟熘。"致美斋的鱼是做得不错，我所最欣赏的却别有所在。锅烧鸡是其中之一。

先说致美斋这个地方。店坐落在煤市街，坐东面西，楼上相当宽敞，全是散座。因生意鼎盛，在对面一个非常细窄的尽头开辟出一个致美楼，楼上楼下全是雅座。但是厨房还是路东的致美斋的老厨房，做好了菜由小力巴提着盒子送过街。所以这个雅座非常清静。左右两个楼梯，由左梯上去正面第一个房间是我随侍先君经常占用的一间，窗户外面有一棵不知名的大树遮掩，树叶很大，有风也萧萧，无风也萧萧，很有情调。我第一次吃醉酒就是在这个房间里。几杯花雕下肚之后还索酒吃，先君不许，我站在凳子上舀起一大勺汤泼将过去，泼溅在先君的两截衫上，随后我即晕倒，醒来发觉已在家里。这一件事我记忆甚清，时年六岁。

锅烧鸡要用小嫩鸡，北平俗语称之为“桶子鸡”，疑系“童子鸡”之讹。严辰《忆京都词》有一首：

忆京都·桶鸡出便宜

衰翁最便宜无齿，
制仿金陵突过之。
不似此间烹不熟，
关西大汉方能嚼。

注云：“京都便宜坊桶子鸡，色白味嫩，嚼之可无渣滓。”他所谓便宜坊桶子鸡，指生的鸡，也可能是指熏鸡。早年一元钱可以买四只。南京的油鸡是有名的，广东的白切鸡也很好，其细嫩并不在北平的之下。严辰好像对北平桶子鸡有偏爱。

我所谓桶子鸡是指那半大不小的鸡，也就是做“炸八块”用的那样大小的鸡。整只的在酱油里略浸一下，下油锅炸，炸到皮黄而脆。

同时另锅用鸡杂（即鸡肝、鸡胗、鸡心）做一小碗卤，连鸡一同送出去。照例这只鸡是不用刀切的，要由跑堂的伙计站在门外用手来撕的，撕成一条条的，如果撕出来的鸡不够多，可以在盘子里垫上一些黄瓜丝。连鸡带卤一起送上桌，把卤浇上去，就成为爽口的下酒菜。

何以称之为锅烧鸡，我不大懂。坐平浦火车路过德州的时候，可以听到好多老幼妇孺扯着嗓子大叫："烧鸡！烧鸡！"旅客伸手窗外就可以购买。早先大约一元可买三只，烧得焦黄油亮，劈开来吃，咸滋滋的，挺好吃（夏天要当心，外表亮光光，里面可能大蛆咕咕嚷嚷）。这种烧鸡是用火烧的，也许馆子里的烧鸡加上一个锅字，以示区别。

铁锅蛋

北平前门外大栅栏中间路北有一个窄窄的小胡同，走进去不远就走到底，迎面是一家军衣庄，靠右手一座小门儿，上面高悬一面扎着红绸的黑底金字招牌“厚德福饭庄”。看起来真是不起眼，局促在一个小巷底，没去过的人还是不易找到。找到了之后看那门口里面黑咕隆咚的，还是有些不敢进去。里面楼上楼下各有两三个雅座，另外三五个散座，那座楼梯又陡又窄，险巇难攀。可是客人一踏进二门，柜台后门的账房苑先生就会扯着大嗓门儿高呼：“看座儿！”他的嗓门儿之大是有名的，常有客人一进门就先开口：“您别喊，我带着孩子呢，小孩儿害怕。”

厚德福饭庄地方虽然逼仄，名气不小，是当时唯一老牌的河南馆子。本是烟馆，所以一直保存那些短炕，附带着卖些点心之类，后来实行烟禁，就改为饭馆了。掌柜的陈莲堂是开封人，很有一把手艺，能制道地的河南菜。时值袁世凯当国，河南人士弹冠相庆之下，厚德福的声誉因之鹊起。嗣后生意日盛，但是风水关系，老址绝不迁移，而且不换装修，一副古老简陋的样子数十年不变。为了扩充营业，先后在北平的城南游艺园、沈阳、长春、黑龙江、西安、青岛、上海、香港、重庆、北碚等处开设分号。陈掌柜手下高徒，一个个地派赴各地分号掌勺。这是厚德福的简史。

厚德福的拿手菜颇有几样，请先谈谈铁锅蛋。

吃鸡蛋的方法很多，炒鸡蛋最简单。常听人谦虚地说："我不会做菜，只会炒鸡蛋。"说这句话的人一定不会把一盘鸡蛋炒得像个样子。摊鸡蛋是把打过的蛋煎成一块圆形的饼，"烙饼卷摊鸡蛋"是北方乡下人的美食。蒸蛋羹花样繁多，可以在表面上敷一层干贝丝、虾仁、蛤蜊肉……至不济撒上一把肉松也成。厚德福的铁锅蛋是烧烤的，所以别致。当然先要置备黑铁锅一个，口大底小而相当高，铁要相当厚实。在打好的蛋里加上油盐作料，羼一些肉末、绿豌豆也可以，不可太多，然后倒在锅里放在火上连烧带烤，烤到蛋涨到锅口，作焦黄色，就可以上桌了。这道菜的妙处在于铁锅保温，上了桌还有嗞嗞响的滚沸声，这道理同于所谓的"铁板烧"。而保温之久尤过之。我的朋友李清悚先生对我说，他们南京人所谓"涨蛋"也是同样的好吃。我到他府上尝试过，确是不错，蛋涨得高高的起蜂窝，切成菱形块上桌，其缺憾是不能保温，稍一冷却蛋就缩塌变硬了。还是要让铁锅蛋独擅胜场。

赵太侔先生在厚德福座中一时兴起，点了铁锅蛋，从怀中掏出一元钱，令伙计出去买干奶酪（cheese），嘱咐切成碎丁羼在蛋里，要美国奶酪，不要瑞士的，因为美国的比较味淡，容易被大家接受。做出来果然气味喷香，不同凡响，从此悬为定例，每吃铁锅蛋必加奶酪。

现在我们有新式的电炉烤箱，不一定用铁锅，禁烧烤的玻璃盆（casserole）照样可以做这道菜，不过少了铁锅那种原始粗犷的风味。

豆汁儿

豆汁下面一定要加一个儿字，就好像说鸡蛋的时候鸡子下面一定要加一个儿字，若没有这个轻读的语尾，听者就会不明白你的语义而生误解。

胡金铨先生在谈老舍的一本书上，一开头就说：不能喝豆汁儿的人算不得是真正的北平人。这话一点儿也不错。就是在北平，喝豆汁儿也是以北平城里的人为限，城外乡间没有人喝豆汁儿，制作豆汁儿的原料是用以喂猪的。但是这种原料，加水熬煮，却成了城里人个个欢喜的食物，而且这与阶级无关。卖力气的苦哈哈，一脸渍泥儿，坐小板凳儿，围着豆汁儿挑子，啃豆腐丝儿卷大饼，喝豆汁儿，就咸菜儿，固然是自得其乐。府门头儿的姑娘、哥儿们，不便在街头巷尾公开露面，和穷苦的平民混在一起喝豆汁儿，也会派底下人或者老妈子拿砂锅去买回家里重新加热大喝特喝。而且不会忘记带回一碟那挑子上特备的辣咸菜，家里尽管有上好的酱菜，不管用，非那个廉价的大腌萝卜丝拌的咸菜不够味。口有同嗜，不分贫富老少男女。

我不知道为什么北平人养成这种特殊的口味。南方人到了北平，不可能喝豆汁儿的，就是河北各县也没有人能容忍这个异味而不龇牙咧嘴。豆汁儿之妙，一在酸，酸中带馊腐的怪味；二在烫，只能吸溜吸溜地喝，不能大口猛灌；三在咸菜的辣，辣得舌尖发麻。越辣越喝，越喝越烫，最后是满头大汗。我小时候在夏天喝豆汁儿，是先脱光脊梁，然后才喝，等到汗落再穿上衣服。

自从离开北平，想念豆汁儿不能自已。有一年我路过济南，在车站附近一个小饭铺墙上贴着条子说有“豆汁”发售。叫了一碗来吃，原来是豆浆。是我自己疏忽，写明的是“豆汁”，不是“豆汁儿”。来到台湾，有朋友说有一家饭馆儿卖豆汁儿，乃偕往一尝。乌糟糟的两碗端上来，倒是有一股酸馊之味触鼻，可是稠糊糊的像麦片粥，到嘴里很难下咽。可见在什么地方吃什么东西，勉强不得。

酸梅汤与糖葫芦

夏天喝酸梅汤，冬天吃糖葫芦，在北平是各阶级人人都能享受的事。不过东西也有精粗之别。琉璃厂信远斋的酸梅汤与糖葫芦，特别考究，与其他各处或街头小贩所供应者大有不同。

徐凌霄《旧都百话》关于酸梅汤有这样的记载：

> 暑天之冰，以冰梅汤为最流行，大街小巷，干鲜果铺的门口，都可以看见“冰镇梅汤”四字的木檐横额。有的黄底黑字，甚为工致，迎风招展，好似酒家的帘子一样，使过往的热人，望梅止渴，富于吸引力。昔年京朝大老，贵客雅流，有闲工夫，常常要到琉璃厂逛逛书铺，品品古董，考考版本，消磨长昼。天热口干，辄以信远斋梅汤为解渴之需。

信远斋铺面很小，只有两间小小门面，临街是旧式玻璃门窗，拂拭得一尘不染，门楣上一块黑漆金字匾额，铺内清洁简单，道地北平式的装修。进门右手方有黑漆大木桶一，里面有一大白瓷罐，罐外周围全是碎冰，罐里是酸梅汤，所以名为冰镇。北平的冰是从什刹海或护城河挖取藏在窖内的，冰块里可以看见草皮木屑，泥沙秽物更不能免，是不能放在饮料里喝的。

什刹海会贤堂的名件“冰碗”，莲蓬、桃仁、杏仁、菱角、藕都放在冰块上，食客不嫌其脏，真是不可思议。有人甚至把冰块放在酸梅汤里！信远斋的冰镇就高明多了。因为桶大罐小冰多，喝起来凉沁脾胃。它的酸梅汤的成功秘诀，是冰糖多、梅汁稠、水少，所以味浓而酽。上口冰凉，甜酸适度，含在嘴里如品醇醪，舍不得下咽。很少人能站在那里喝那一小碗而不再喝一碗的。

抗战胜利还乡，我带孩子们到信远斋，我准许他们能喝多少碗都可以。他们连尽七碗方始罢休。我每次去喝，不是为解渴，是为解馋。我不知道为什么没有人动脑筋把信远斋的酸梅汤制为罐头行销各地，而一任“可口可乐”到处猖狂。

信远斋也卖酸梅卤、酸梅糕。卤冲水可以制酸梅汤，但是无论如何不能像站在那木桶旁边细啜那样有味。我自己在家也曾试做，在药铺买了乌梅，在干果铺买了大块冰糖，不惜工本，仍难如愿。信远斋掌柜姓萧，一团和气，我曾问他何以仿制不成，他回答得很妙：“请您过来喝，别自己费事了。”

信远斋也卖蜜饯、冰糖子儿、糖葫芦。以糖葫芦为最出色。北平糖葫芦分三种。一种用麦芽糖，北平话是糖稀，可以做大串山里红的糖葫芦，可以长达五尺多，这种大糖葫芦，新年厂甸卖得最多。麦芽糖裹水杏儿（没长大的绿杏），很好吃，做糖葫芦就不见佳，尤其是山里红常是烂的或是带虫子屎。另一种用白糖和了粘上去，冷了之后白汪汪的一层霜，另有风味。

正宗是冰糖葫芦，薄薄一层糖，透明雪亮。材料种类甚多，诸如海棠、山药、山药豆、杏干、葡萄、橘子、荸荠、核桃，但是以山里红为正宗。山里红，即山楂，北地盛产，味酸，裹糖则极可口。一般的糖葫芦皆用半尺来长的竹签，街头小贩所售，多染尘沙，而且品质粗劣。东安市场所售较为高级。但仍以信远斋所制为最精，不用竹签，每一颗山里红或海棠均单个独立，所用之果皆硕大无疵，而且干净，放在垫了油纸的纸盒中由客携去。

离开北平就没吃过糖葫芦，实在想念。近有客自北平来，说起糖葫芦，据称在北平这种不属于任何一个阶级的食物几已绝迹。他说我们在台湾自己家里也未尝不可试做，台湾虽无山里红，其他水果种类不少，蘸了冰糖汁，放在一块涂了油的玻璃板上，送入冰箱冷冻，岂不即可等着大嚼？他说他制成之后将邀我共尝，但是迄今尚无下文，不知结果如何。

第三章

街头小味

人 间 烟 火 ， 最 是 滋 味

RENJIANYANHUO，ZUISHIZIWEI

北平的零食小贩

北平人馋。馋，据字典说是“贪食也”，其实不只是贪食，是贪食各种美味之食。美味当前，固然馋涎欲滴，即使闲来无事，馋虫亦在咽喉中抓挠，迫切地需要一点什么以膏馋吻。三餐时固然希望膏粱罗列，任我下箸，三餐以外的时间也一样地想馋嚼，以锻炼其咀嚼筋。看鹭鸶的长颈都有一点羡慕，因为颈长可能享受更多的徐徐下咽之感，此之谓馋，馋字在外国语中无适当的字可以代替，所以讲到馋，真“不足为外人道”。有人说北平人之所以特别馋，是由于当年的八旗子弟游手好闲的太多，闲就要生事，在吃上打主意自然也是可以理解的。所以各式各样的零食小贩便应运而生，自晨至夜逡巡于大街小巷之中。

北平小贩的吆喝声是很特殊的。我不知道这与评剧有无关系，其抑扬顿挫，变化颇多，有的豪放如唱大花脸，有的沉闷如黑头，又有的清脆如生旦，在白昼给浩浩欲沸的市声平添不少情趣，在夜晚又给寂静的夜带来一些凄凉。细听小贩的呼声，则有直譬，有隐喻，有时竟像谜语一般的耐人寻味。而且他们的吆喝声，数十年如一日，不曾有过改变。我如今闭目沉思，北平零食小贩的呼声俨然在耳，一个个的如在目前。现在让我就记忆所及，细细数说。

首先让我提起“豆汁儿”。绿豆渣发酵后煮成稀汤，是为豆汁儿，淡草绿色而又微黄，味酸而又带一点霉味，稠稠的、浑浑的、热热的。佐以辣咸菜，即“棺材板”切细丝，加芹菜梗，辣椒丝或末。有时亦备较高级之酱菜如酱萝卜、酱黄瓜之类，但反不如辣咸菜之可口，午后啜三两碗，愈吃愈辣，愈辣愈喝，愈喝愈热，终至大汗淋漓，舌尖麻木而止。北平城里人没有不嗜豆汁儿者，但一出城则豆渣只有喂猪的份，乡下人没有喝豆汁儿的。外省人居住北平二三十年往往不能养成喝豆汁儿的习惯。能喝豆汁儿的人才算是真正的北平人。

其次是“灌肠”。后门桥头那一家的大灌肠，是真的猪肠做的，遐迩驰名，但嫌油腻。小贩的灌肠虽有肠之名实则并非是肠，仅具肠形，一条条的以芡粉为主所做成的橛子，切成不规则形的小片，放在平底大油锅上煎炸，炸得焦焦的，蘸蒜盐汁吃。据说那油不是普通油，是从作坊里从马肉等熬出来的油，所以有这一种怪味。单闻那种油味，能把人恶心死，但炸出来的灌肠，喷香！

从下午起有沿街叫卖“面筋哟”者，你喊他时须喊“卖熏鱼儿的”，他来到你们门口打开他的背盒由你拣选时却主要的是猪头肉。除猪头肉的脸子、只皮、口条之外还有脑子、肝、肠、苦肠、心头、蹄筋等等，外带着别有风味的干硬的火烧。刀口上手艺非凡，从夹板缝里抽出一把飞薄的刀，横着削切，把猪头肉切得薄如纸，塞在那火烧里食之，熏味扑鼻！这种卤味好像不能登大雅之堂，但是在煨煮熏制中有特殊的风味。离开北平便尝不到。

薄暮后有叫卖羊头肉者，这是回教徒的生意，刀板器皿刷洗得一尘不染，切羊脸子是他的拿手，切得真薄，从一只牛角里撒出一些特制的胡盐。北平的羊好，有浓厚的羊味，可又没有浓厚到膻的地步。

也有推着车子卖“烧羊脖子烧羊肉”的。烧羊肉是经过煮和炸两道工序的，除肉之外还有肚子和卤汤。在夏天佐以黄瓜、大蒜是最好的下面之物。推车卖的不及街上羊肉铺所发售的，但慰情聊胜于无。

北平的“豆腐脑”，异于川湘的豆花，是哆哩哆嗦的软嫩豆腐，上面浇一勺卤，再加蒜泥。

“老豆腐”另是一种东西，是把豆腐煮出了蜂窠，加芝麻酱、韭菜末、辣椒等作料，热乎乎的连吃带喝亦颇有味。

北平人做“烫面饺”不算一回事，真是举重若轻叱咤立办，你喊三十饺子，不大的工夫就给你端上来了，一个个包得细长齐整，又俊又俏。

斜尖的炸豆腐，在花椒盐水里煮得饱饱的，有时再羼进几个粉丝做的炸丸子，放进一点辣椒酱，也算是一味很普通的零食。

馄饨何处无之？北平挑担卖馄饨的却有他的特点，馄饨本身没有什么异样，由筷子头拨一点肉馅往三角皮子上一抹就是一个馄饨，特殊的是那一锅肉骨头熬的汤别有滋味，谁家里也不会把那么多的烂骨头煮那么久。

一清早卖点心的很多，最普通的是烧饼油鬼。北平的烧饼主要的有四种，芝麻酱烧饼、螺蛳转儿、马蹄儿、驴蹄儿，各有千秋。芝麻酱烧饼，外省仿造者都不像样，不是太薄就是太厚，不是太大就是太小，总是不够标准。螺蛳转儿最好是和“甜浆粥”一起用，要夹小圆圈油鬼。马蹄儿只有薄薄的两层皮，宜加圆泡的甜油鬼。驴蹄儿又小又厚，不要油鬼做伴。北平油鬼，不叫油条，因为根本不作长条状，主要的只有两种，四个圆泡连在一起的是甜油鬼，小圆圈的油鬼是咸的，炸得特焦，夹在烧饼里一按咔嚓一声。离开北平的人没有不想念那种油鬼的。外省的油条，虚泡囊肿，不够味，要求炸焦一点也不行。

“面茶”在别处没见过。真正的一锅糨糊，炒面熬的，盛在碗里之后，在上面用筷子蘸着芝麻酱洒满一层，唯恐洒得太多似的。味道好么？至少是很怪。

卖“三角馒头”的永远是山东老乡。打开蒸笼布，热腾腾的各样蒸食，如糖三角、混糖馒头、豆沙包、蒸饼、红枣蒸饼、高庄馒头，听你拣选。

“杏仁茶”是北平的好，因为杏仁出在北方，提味的是那少数几颗苦杏仁。

豆类做出的吃食可多了，首先要提“豌豆糕”。小孩子一听打镗锣的声音很少不怦然心动的。卖豌豆糕的人有一把手艺，他会把一块豌豆泥捏成各式各样的东西，他可以听你的吩咐捏一把茶壶，壶盖、壶把、壶嘴俱全，中间灌上黑糖水，还可以一杯一杯地往外倒。规模大一点的是荷花盆，真有花有叶，盆里灌黑糖水。最简单的是用模型翻制小饼，用芝麻做馅。后来还有“仿膳”的伙计出来做这一行生意，善用豌豆泥制各式各样的点心，大八件、小八件，什么卷酥、喇嘛糕、枣泥饼、花糕，五颜六色，应有尽有，惟妙惟肖。

“豌豆黄”之下街卖者是粗的一种，制时未去皮，加红枣，切成三尖形矗立在案板上。实际上比铺子卖的较细的放在纸盒里的那种要有味得多。

“热芸豆”有红白二种，普通的吃法是用一块布挤成一个豆饼，可甜可咸。

“烂蚕豆”是俟蚕豆发芽后加五香大料煮成的,烂到一挤即出。“铁蚕豆”是把蚕豆炒熟，其干硬似铁。牙齿不牢者不敢轻试，但亦有酥皮者，较易嚼。

夏季雨后照例有小孩提着竹篮赤足蹚水而高呼“干香豌豆”，咸滋滋的也很好吃。

“豆腐丝”，粗糙如豆腐渣，但有人拌葱卷饼而食之。

“豆渣糕”是芸豆泥做的，作圆球形，蒸食，售者以竹筷插之，一插即是两颗，加糖及黑糖水食之。

“甑儿糕”，是米面填木碗中蒸之，嗞嗞作响。顷刻而熟。

“江米藕”是老藕孔中填糯米，煮熟切片加糖而食之。挑子周围经常环绕着馋涎欲滴的小孩子。

北平的“酪”是一项特产，用牛奶凝冻而成，夏日用冰镇，凉香可口，讲究一点的酪在酪铺发售，沿街贩卖者亦不恶。

“白薯”（即南人所谓红薯），有三种吃法，初秋街上喊“栗子味儿的”者是干煮白薯，细细小小的一根根地放在车上卖。稍后喊“锅底儿热和”者为带汁的煮白薯，块头较大，亦较甜。此外是烤白薯。

“老玉米”（即玉蜀黍）初上市时也有煮熟了在街上卖的。对于城市中人这也是一种新鲜滋味。

沿街卖的“粽子”，包得又小又俏，有加枣的，有不加枣的，摆在盘子里齐整可爱。

北平没有汤圆，只有“元宵”，到了元宵季节街上有叫卖煮元宵的。袁世凯称帝时，曾一度禁称元宵，因与“袁消”二字音同，改称汤圆，可嗤也。

糯米团子加豆沙馅，名曰“爱窝”或“爱窝窝”。

黄米面做的“切糕”，有加红豆的，有加红枣的，卖时切成斜块，插以竹签。

菱角是小的好，所以北平小贩卖的是小菱角，有生有熟，用剪去刺，当中剪开。很少卖大的红菱者。

“老鸡头”即芡实。生者为刺囊状，内含芡实数十颗，熟者则为圆硬粒，须敲碎食其核仁。

供儿童以糖果的，从前是“打镗锣的”，后又有卖“梨糕的”，此外如“吹糖人的”，卖“糖杂面的”，都经常徘徊于街头巷尾。

“扒糕”“凉粉”都是夏季平民食物，又酸又辣。

“驴肉”，听起来怪骇人的，其实切成大片瘦肉，也很好吃。是否有骆驼肉、马肉混在其中，我不敢说。

担着大铜茶壶满街跑的是卖“茶汤”的，用开水一冲，即可调成一碗茶汤，和铺子里的八宝茶汤或牛髓茶固不能比，但亦颇有味。

“油炸花生仁”是用马油炸的，特别酥脆。

北平“酸梅汤”之所以特别好，是因为使用冰糖，并加玫瑰、木樨、桂花之类。信远斋的最合标准，沿街叫卖的便徒有其名了，而且加上天然冰亦颇有碍卫生。卖酸梅汤的普通兼带“玻璃粉”及小瓶用玻璃球做盖的汽水。“果子干”也是重要的一项副业，用杏干、柿饼、鲜藕煮成。“玫瑰枣”也很好吃。

冬天卖“糖葫芦”，裹麦芽糖或糖稀的不太好，蘸冰糖的才好吃。

各种原料皆可制糖葫芦，唯以“山里红”为正宗。其他如海棠、山药、山药豆、杏干、核桃、荸荠、橘子、葡萄、金橘等均佳。

北地苦寒，冬夜特别寂静，令人难忘的是那卖“水萝卜”的声音，“萝卜——赛梨——辣了换！”那红绿萝卜，多汁而甘脆，切得又好，对于北方偎在火炉旁边的人特别有沁人脾胃之效。这等萝卜，别处没有。

有一种内空而瘪小的花生，大概是拣选出来的不够标准的花生，炒焦了之后，其味特香，远在白胖的花生之上，名曰“抓空儿”，亦冬夜的一种点缀。

夜深时往往听到沉闷而迟缓的“硬面饽饽”声，有光头、凸盖、镯子等，亦可充饥。

水果类则四季不绝地应世，诸如：三白的大西瓜、蛤蟆酥、羊角蜜、老头儿乐、鸭儿梨、小白梨、肖梨、糖梨、烂酸梨、沙果、苹果、虎拉车、杏、桃、李、山里红、柿子、黑枣、嘎嘎枣、老虎眼大酸枣、荸荠、海棠、葡萄、莲蓬、藕、樱桃、桑葚、槟子……不可胜举，都在沿门求售。

以上约略举说，只就记忆所及，挂漏必多。而且数十年来，北平也正在变动，有些小贩由式微而没落，也有些新的应运而生，比我长一辈的人所见所闻可能比我要丰富些，比我年轻的人可能遇到一些较新鲜而失去北平特色的事物。总而言之，北平是在向新颖而庸俗方面变，在零食小贩上即可窥见一斑。如今呢，胡尘涨宇，面目全非，这些小贩，还能保存一二与否，恐怕在不可知之数了。但愿我的回忆不是永远地成为回忆！

汤　包

说起玉华台，这个馆子来头不小，是东堂子胡同杨家的厨子出来经营掌勺。他的手艺高强，名作很多，所做的汤包，是故都的独门绝活。

包子算得什么，何地无之？但是风味各有不同。上海沈大成、北万馨、五芳斋所供应的早点汤包，是令人难忘的一种。包子小，小到只好一口一个，但是每个都包得俏式，小蒸笼里垫着松针（可惜松针时常是用得太久了一些），有卖相。名为汤包，实际上包子里面并没有多少汤汁，倒是外附一碗清汤，表面上浮着七条八条的蛋皮丝，有人把包子丢在汤里再吃，成为名副其实的汤包了。这种小汤包馅子固然不恶，妙处却在包子皮，半发半不发，薄厚适度，制作上颇有技巧。台北也有人仿制上海式的汤包，得其仿佛，已经很难得了。

天津包子也是远近驰名的，尤其是狗不理的字号十分响亮。其实不一定要到狗不理去，搭平津火车一到天津西站就有一群贩卖包子的高举笼屉到车窗前，伸胳膊就可以买几个包子。包子是扁扁的，里面确有比一般为多的汤汁，汤汁中有几块碎肉葱花。有人到铺子里吃包子，才出笼的，包子里的汤汁曾有烫了脊背的故事，因为包子咬破，汤汁外溢，流到手掌上，一举手乃顺着胳膊流到脊背。不知道是否真有其事，不过天津包子确是汤汁多，吃的时候要小心，不烫到自己的脊背，至少可以溅到同桌食客的脸上。相传的一个笑话：两个不相识的人据一张桌子吃包子，其中一位一口咬下去，包子里的一股汤汁直飙过去，把对面客人喷了个满脸花。肇事的这一位并未觉察，低头猛吃。对面那一位很沉得住气，不动声色。堂倌在一旁看不下去，赶快拧了一个热手巾把送了过去，客徐曰："不忙，他还有两个包子没吃完哩。"

玉华台的汤包才是真正的含着一汪子汤。一笼屉里放七八个包子，连笼屉上桌，热气腾腾，包子底下垫着一块蒸笼布，包子扁扁地塌在蒸笼布上。取食的时候要眼明手快，抓住包子的皱褶处猛然提起，包子皮骤然下坠，像是被婴儿吮瘪了的乳房一样，趁包子没有破裂赶快放进自己的碟中，轻轻咬破包子皮，把其中的汤汁吸饮下肚，然后再吃包子的空皮。没有经验的人，看着笼里的包子，又怕烫手，又怕弄破包子皮，犹犹豫豫，结果大概是皮破汤流，一塌糊涂。有时候堂倌代为抓取。

其实吃这种包子，其乐趣一大部分就在那一抓一吸之间。包子皮是烫面的，比烫面饺的面还要稍硬一点，否则包不住汤。那汤原是肉汁冻子，打进肉皮一起煮成的，所以才能凝结成为包子馅。汤里面可以看得见一些碎肉渣子。这样的汤味道不会太好。我不太懂，要喝汤为什么一定要灌在包子里然后再喝。

烧饼油条

烧饼油条是我们中国人标准早餐之一，在北方不分省份、不分阶级、不分老少，大概都欢喜食用。我生长在北平，小时候的早餐几乎永远是一套烧饼油条——不，叫油炸鬼，不叫油条。有人说，油炸鬼是油炸桧之讹，大家痛恨秦桧，所以名之为油炸桧以泄愤，这种说法恐怕是源自南方，因为北方读音鬼与桧不同，为什么叫油鬼，没人知道。在比较富裕的大家庭里，只有做父亲的才有资格偶然以馄饨、鸡丝面或羊肉馅包子作早点，只有做祖父母的才有资格常以燕窝汤、莲子羹或哈什蚂之类作早点，像我们这些“民族幼苗”，便只有烧饼油条来果腹了。说来奇怪，我对于烧饼油条从无反感，天天吃也不厌，我清早起来，就有一大簸箩烧饼油鬼在桌上等着我。

现在台湾的烧饼油条，我以前在北平还没见过。我所知道的烧饼，有螺蛳转儿、芝麻酱烧饼、马蹄儿、驴蹄儿几种，油鬼有麻花儿、甜油鬼、炸饼儿几种。螺蛳转儿夹麻花儿是一绝，掰开螺蛳转儿，夹进麻花儿，用手一按，咔吱一声麻花儿碎了，这一声响就很有意思，如今我再也听不到这个声音。有一天和齐如山先生谈起，他也很感慨，他嫌此地油条不够脆，有一次他请炸油条的人给他特别炸焦，"我加倍给你钱"，那个炸油条的人好像是前一夜没睡好觉（事实上凡是炸油条、烙烧饼的人都是睡眠不足），一翻白眼说："你有钱？我不伺候！"回锅油条、老油条也不是味道，焦硬有余，酥脆不足。至于烧饼，螺蛳转儿好像久已不见了，因为专门制售螺蛳转儿的粥铺早已绝迹了。所谓粥铺，是专卖甜浆粥的一种小店，甜浆粥是一种稀稀的粗粮米汤，其味特殊。北平城里的人不知道喝豆浆，常是一碗甜浆粥、一套螺蛳转儿，但是这也得到粥铺去趁热享用才好吃。我到十四岁以后才喝到豆浆，我相信我父母一辈子也没有喝过豆浆。我们家里吃烧饼油条，嘴干了就喝大壶的茶，难得有一次喝到甜浆粥。后来我到了上海，才看到细细长长的那种烧饼，以及菱形的烧饼，而且油条长长的也不适于夹在烧饼里。

火腿、鸡蛋、牛油面包作为标准的早点，当然也很好，但我只是在不得已的情形下才接受了这种异俗。我心里怀念的仍是烧饼油条。和我有同嗜的人相当不少。海外羁旅，对于家乡土物率多念念不忘。有一位华裔美籍的学人，每次到台湾来都要带一二百副烧饼油条回到美国去，存在冰柜里，逐日捡取一副放在烤箱或电锅里一烤，便觉得美不可言。谁不知道烧饼油条只是脂肪、淀粉，从营养学来看，不构成一份平衡的食品。但是多年习惯，对此不能忘情。在纽约曾有人招待我到一家中国餐馆进早点，座无虚席，都是烧饼油条客，那油条一根根的都很结棍，韧性很强。但是大家觉得这是家乡味，聊胜于无。做油条的师傅，说不定曾经付过二两黄金才学到如此这般的手艺。又有一位返国观光的游子，住在台北一家观光旅馆里，晨起第一桩事就是外出寻找烧饼油条，遍寻无着，返回旅舍问服务小姐，服务小姐登时蛾眉一耸说："这是观光区域，怎会有这种东西，你要向偏僻街道、小巷去找。"闹哄了一阵，兴趣已无，乖乖地到附设餐厅里去吃火腿、鸡蛋、面包了事。

有人看我天天吃烧饼油条，就问我："你不嫌脏？"我没想到这个问题。据这位关心的人说，要注意烧饼里有没有老鼠屎，第二天我打开烧饼先检查，哇，一颗不大不小像一颗万应锭似的黑黑的东西赫然在焉。用手一捻，碎了。若是不当心，入口一咬，必定牙碜，也许不当心会咽了下去。想起来好怕，"一颗老鼠屎搅坏一锅粥"，这话不假，从此我存了戒心。看看那个豆浆店，小小一间门面，案板油锅都放在行人道上，满地是油渍污泥，一袋袋的面粉堆在一旁像沙包一样，阴沟里老鼠横行。再看看那打烧饼、炸油条的人，头发蓬松，上身只有灰白背心，脚上一双拖鞋，说不定嘴里还叼着一根纸烟。在这种情况之下，要使老鼠屎不混进烧饼里去，着实很难。好在不是一个烧饼里必定轮配到一橛老鼠屎，难得遇见一回，所以戒心维持了一阵也就解严了。

也曾经有过观光级的豆浆店出现，在那里有峨高冠的厨师，有穿制服的侍者，有装潢，有灯饰，筷子有纸包着，豆浆碗下有盘托着，餐巾用过就换，而不是一块毛巾大家用，像邮局糨糊旁边附设的小块毛巾那样的又脏又黏。如果你带外宾进去吃早点，可以不至于脸红。

但是偶尔观光一次是可以的，谁也不能天天去观光，谁也不能常跑远路去图一饱。于是这打肿脸充胖子的局面维持不下去了，烧饼油条依然是在行人道边乌烟瘴气的环境里苟延残喘。而且我感觉到吃烧饼油条的同志也越来越少了。

煎馄饨

馄饨这个名称好古怪。宋程大昌《演繁露》:“世言馄饨，是虏中浑氏屯氏为之。”有此一说，未必可信。不过我们知道馄饨历史相当悠久，无分南北到处有之。

儿时，里巷中到了午后常听见有担贩大声吆喝:“馄饨——开锅！”这种馄饨挑子上的馄饨，别有风味，物美价廉。那一锅汤是骨头煮的，煮得久，所以是浑浑的、浓浓的。馄饨的皮子薄，馅极少，勉强可以吃出其中有一点点肉。但是作料不少，葱花、芫荽、虾皮、冬菜、酱油、醋、麻油，最后撒上竹节筒里装着的黑胡椒粉。这样的馄饨在别处是吃不到的，谁有工夫去熬那么一大锅骨头汤？

北平的山东馆子差不多都卖馄饨。我家胡同口有一个同和馆，从前在当地还有一点小名，早晨就卖馄饨和羊肉馅、卤馅的小包子。馄饨做得不错，汤清味厚，还加上几小块鸡血、几根豆苗。凡是饭馆没有不备一锅高汤的（英语所谓“原汤”stock），一碗馄饨舀上一勺高汤，就味道十足。后来“味之素”大行其道，谁还预备原汤？不过善品味的人，一尝便知道是不是正味。

馆子里卖的馄饨，以致美斋的为最出名。好多年前，《同治都门纪略》就有赞赏致美斋的馄饨的打油诗：

包得馄饨味胜常，
馅融春韭嚼来香，
汤清润吻休嫌淡，
咽来方知滋味长。

这是同治年间的事，虽然已过了五十年左右，饭馆的状况变化很多，但是他的馄饨仍是不同凡响，主要的原因是汤好。

可是我最激赏的是致美斋的煎馄饨，每个馄饨都包得非常俏式，薄薄的皮子挺拔舒翘，像是天主教修女的白布帽子。入油锅慢火生炸，炸黄之后再上小型蒸屉猛蒸片刻，立即带屉上桌。馄饨皮软而微韧，有异趣。

满汉细点

北平的点心店叫作饽饽铺，都有一座细木雕花的门脸儿，吊着几个木牌，上面写着“满汉细点”什么的。可是饽饽都藏在里面几个大盒子大柜子里，并不展示在外，而且也没有什么货品价格表之类的东西。进得铺内，只觉得干干净净，空空洞洞，香味扑鼻。

满汉细点，究竟何者为满何者为汉，现已分辨不清。至少从名称看来，“萨其马”该是满洲点心。我请教过满洲旗人，据告萨其马是满文的蜜甜之意，我想大概是的。这东西是油炸黄米面条，像蜜供似的，但是很细很细，加上蜜拌匀，压成扁扁的一大块，上面撒上白糖和染红了的白糖，再加上一层青丝红丝，然后切成方形的块块。很甜，很软和，但是很好吃。如今全国各处无不制售萨其马，块头太大太厚，面条太粗太硬，蜜太少，名存实亡，全不对劲。

蜂糕也是北平特产，有黄白两种，味道是一样的，是用糯米粉调制蒸成，呈微细蜂窝状，故名。质极松软，微黏，与甜面包大异其趣。内羼少许核桃仁，外裹以薄薄的豆腐皮以防粘着蒸器。蒸热再吃尤妙，最宜病后。

花糕月饼是秋季应时食品。北方的翻毛月饼，并不优于江南的月饼，更与广式月饼不能相比，不过其中有一种山楂馅的翻毛月饼，薄薄的小小的，我认为风味很好，别处所无。大抵月饼不宜过甜，不宜太厚，山楂馅带有酸味，故不觉其腻。至于花糕，则是北平独有之美点，在秋季始有发售，有粗细两品，有荤素两味。主要的是两片枣泥馅的饼，用模子制成，两片之间夹列胡桃、红枣、松子、缩葡之类的干果，上面盖一个红戳子，贴几片芫荽叶。清李静山《都门汇纂》里有这样一首竹枝词：

> 中秋才过近重阳，
> 又见花糕各处忙。
> 面夹双层多枣栗，
> 当筵题句傲刘郎。

一般饽饽铺服务周到。我家小园有一架紫藤，花开累累，满树满枝，乃摘少许，洗净，送交饽饽铺代制藤萝饼，鲜花新制，味自不同。

又红玫瑰初放（西洋品种肥大而艳，但少香气），亦常摘取花瓣，送交肆中代制玫瑰饼，气味浓馥，不比寻常。

说良心话，北平饼饵除上述几种之外很少有令人怀念的。有人艳称北平的“大八件”“小八件”，实在令人难以苟同。所谓大八件无非是油糕、蓼花、大自来红、自来白等等，小八件不外是鸡油饼、卷酥、绿豆糕、槽糕之类。自来红、自来白乃是中秋上供的月饼，馅子里面有些冰糖，硬邦邦的，大概只宜于给兔爷儿吃。蓼花甜死人！绿豆糕噎死人！大八件、小八件如果装在盒子里，那盒子也吓人，活像一口小棺材，而木板尚未刨光。若是打个蒲包，就好看得多。

酪

酪就是凝冻的牛奶，北平有名的食物，我在别处还没有见过。到夏天下午，卖酪的小贩挑着两个木桶就出现了，桶上盖着一块蓝布，在大街小巷里穿行，他的叫卖声是：“伊——哟，酪——啊！”伊哟不知何解。住家的公子哥儿们把卖酪的喊进了门洞儿，坐在长条的懒凳上，不慌不忙地喝酪。木桶里中间放一块冰，四周围全是一碗碗的酪，每碗上架一块木板，几十碗酪可以叠架起来。卖酪的顺手递给你一把小勺，名为勺，实际上是略具匙形的一片马口铁。你用这飞薄的小勺慢慢地取食，又香又甜又凉，一碗不够再来一碗。卖酪的为推销起见特备一个签筒，你付钱抽签，抽中了上好的签可以白喝若干碗。通常总是卖酪的净赚，可是有一回我亲眼看见一位大宅门儿的公子哥儿，不知为什么手气那样好，一连几签把整个一挑子的酪都赢走了，登时喊叫家里的厨子、车夫、打杂儿的都到门洞儿里来喝免费的酪，只见那卖酪的咧着嘴大哭。

酪有酪铺。我家附近，东四牌楼根儿底下就有一家。最有名的一家是在前门外框儿胡同北头儿路西，我记不得他的字号了。掀门帘进去，里面没有什么设备，一边靠墙几个大木桶，一边几个座儿。他家的酪，牛奶醇而新鲜，所以味道与众不同，大碗带果的尤佳，酪里面有瓜子仁儿，于喝咽之外有点东西咀嚼，别有风味。每途经其地，或是散戏出来，必定喝他两碗。

看戏的时候，也少不了有卖酪的托着盘子在拥挤不堪的客座中间穿来穿去，口里喊着："酪——来——酪！"听戏在入神的时候，卖酪的最讨人厌。有一回小丑李敬山，在台上和另一小丑打诨，他问："你听见过王八是怎样叫唤的么？""没听过。""你听——"这时候有一位卖酪的正从台前经过，口里喊着"酪——来——酪"，于是观众哄堂大笑。

久离北平的人，不免犯馋，想北平的吃食，酪是其中之一。齐如山先生有一天请我到他家去喝酪。酪是黄媛珊女士做的，样子很好，味也不错，就是少那么一点点北平酪的香味，那香味应该说是近似酒香。她是大批地做，一做就是百儿八十碗，我去喝酪的那天，正见齐瑛先生把酪装上吉普车送往中华路一家店铺代售。我后来看到，那家店铺窗上贴着有"北平奶酪"的红纸条。可惜光顾的人很少，因为"膻肉酪浆，以充饥渴”究竟是北方人的习俗，而在北方畜牧亦不发达，所谓的酪只有北平城里的人才得享用。齐府所制之酪，不久成为绝响。

我们中国人，比较起来是消费牛奶很少的一个民族。我个人就很怕喝奶，温热了喝有一股腥气，冷冻了捏着鼻子往下灌又觉得长久胃里吃不消，可是做成酪我就喜欢喝。喝了几十年酪，不知酪是怎样做的。查书《饮膳正要》云:“造法: 用乳半杓，锅内炒过，入余乳熬数十沸，常以杓纵横搅之，乃倾出，罐盛待冷，掠取浮皮以为酥，入旧酪少许，纸封放之，即成矣。”说得轻松，我不敢尝试，总疑心奶不能那么容易凝结，好像需要加进一点什么才成，好像做豆腐也要在豆浆里点一些盐卤才成。过去有酪喝，也就不想自己试做。黄媛珊女士做了，我也喝了，就是忘了问她是怎么做的，也许问过了，现在又忘了她是怎么说的。我来美国住了一阵之后，在我女儿文蔷家里又喝到了酪，是外国做法，虽不敢说和北平的酪媲美，至少慰情聊胜于无。现在把制法简述于下，以飨同好。

一、新鲜全脂牛奶，一夸脱可以做六饭碗。奶粉也行，总不及鲜奶。

二、奶里加酌量的糖，及香料少许，杏仁精就很好，凡尼拉也行，不过我以为用甜酒调味（rum flavor）效果更佳。也有人说用金门高粱也很好。

三、凝乳片（rennet tablet）放在冷水里溶化，每片可做两碗。这种凝乳片是由牛犊的胃内膜提炼而成的，美国一般超级市场有售。

四、牛奶加温至华氏一百一十度，不可太热，如用口尝微温即可，绝对不可使沸，如太热需俟其冷却。

五、将凝乳剂倾入奶中，稍加搅和，俟冷放进冰箱，冰凉即可食用。手续很简便，不到一刻钟就完成了，曾几度持以待客，均食之而甘，仿佛又回到了北平，“酪——来——酪”之声盈耳。

水晶虾饼

虾，种类繁多。《尔雅翼》所记："今闽中五色虾，长尺余，具五色。梅虾，梅雨时有之。芦虾，青色，相传芦苇所变……泥虾，相传稻花变成，多在田泥中……又海中有虾姑，状如蜈蚣，云管虾。"芦苇稻花会变虾，当然是神话。

虾不在大，大了反倒不好吃。龙虾一身铠甲，须爪戟张，样子十分威武多姿，可是剥出来的龙虾肉，只合做沙拉，其味不过尔尔。大抵咸水虾，其味不如淡水虾。

虾要吃活的，有人还喜活吃。西湖楼外楼的"炝活虾"，是在湖中用竹篓养着的，临时取出，欢蹦乱跳，剪去其须吻足尾，放在盘中，用碗盖之。食客微启碗沿，以箸挟取之，在旁边的小碗酱油、麻油、醋里一蘸，送到嘴边用上下牙齿一咬，像嗑瓜子一般，吮而食之。吃过把虾壳吐出，犹咕咕囔囔的在动。有时候嫌其过分活跃，在盘里泼进半杯烧酒，虾乃颓然醉倒。据闻有人吃活虾不慎，虾一跃而戳到喉咙里，几致丧生。生吃活虾不算稀奇，我还看见过有人生吃活螃蟹呢！

炝活虾，我无福享受。我只能吃油爆虾、盐焗虾、白灼虾。若是嫌剥壳麻烦，就只好吃炒虾仁、烩虾仁了。说起炒虾仁，做得最好的是福建馆子，记得北平西长安街的忠信堂是北平唯一的有规模的闽菜馆，做出来的清炒虾仁不加任何配料，满满一盘虾仁，鲜明透亮，而且软中带脆。闽人善治海鲜当推独步。烩虾仁则是北平饭庄的拿手，馆子做不好。饭庄的酒席上四小碗其中一定有烩虾仁，羼一点荸荠丁，勾芡，一切恰到好处。这一炒一烩，全是靠使油及火候，灶上的手艺一点也含糊不得。

虾仁剁碎了就可以做炸虾球或水晶虾饼了。不要以为剁碎了的虾仁就可以用不新鲜的剩货充数，瞒不了知味的吃客。吃馆子的老主顾，堂倌也不敢怠慢，时常会用他的山东腔说："二爷！甭起虾夷儿了，虾夷儿不信香。"（不用吃虾仁了，虾仁不新鲜。）堂倌和吃客合作无间。

水晶虾饼是北平锡拉胡同玉华台的杰作。和一般的炸虾球不同。一定要用白虾，通常是青虾比白虾味美，但是做水晶虾饼非白虾不可，为的是做出来颜色纯白。七分虾肉要加三分猪板油，放在一起剁碎，不要碎成泥，加上一点点芡粉，葱汁姜汁，捏成圆球，略按成厚厚的小圆饼状，下油锅炸，要用猪油，用温油，炸出来白如凝脂，温如软玉，入口松而脆。蘸椒盐吃。

自从我知道了水晶虾饼里大量羼猪油，就不敢常去吃它。连带着对一般馆子的炸虾球，我也有戒心了。

韭菜篓

韭菜是蔬菜中最贱者之一，一年四季到处有之，有一股强烈浓浊的味道，所以恶之者谓之臭，喜之者谓之香。道家列入五荤一类，与葱蒜同科。但是事实上喜欢吃韭菜的人多，而且雅俗共赏。

有一年我在青岛寓所后山坡闲步，看见一伙石匠在凿石头打地基，将近歇晌的时候，有人担了两大笼屉的韭菜馅发面饺子来，揭开笼屉盖热气腾腾，每人伸手拿起一只就咬，一阵风吹来一股韭菜味，香极了。我不由得停步，看他们狼吞虎咽，大约每个人吃两只就够了，因为每只长约半尺。随后又担来两桶开水，大家就用瓢舀着吃。像是《水浒传》中人一般的豪爽。我从未见过像这一群山东大汉之吃得那样的淋漓尽致。

我们这里街头巷尾也常有人制卖韭菜盒子，大概都是山东老乡。所谓韭菜盒子是油煎的，其实标准的韭菜盒子是干烙的，不是油煎的。

不过油煎得黄澄澄的也很好，可是通常馅子不大考究，粗老的韭菜叶子没有细切，而且羼进粉丝或是豆腐渣什么的，味精少不了。中山北路有一家北方馆（天兴楼）卖过一阵子比较像样的韭菜盒子，干烙无油，可是不久就关张了。天厨点心部的韭菜盒子是出名的，小小圆圆，而不是一般半月形，做法精细，材料考究，也是油煎的。

以上所说都是以韭菜馅为标榜的点心。现在要说东兴楼的韭菜篓。事实上是韭菜包子，而名曰篓，当然有其特点。面发得好，洁白无疵，没有斑点油皮，而且捏法特佳，细褶匀称，捏合处没有面疙瘩。最特别的是蒸出来盛在盘里一个个的高壮耸立，不像一般软趴趴的扁包子，底直径一寸许，高几达二寸，像是竹篓似的骨立挺拔。看上去就很美观，我疑心是利用筒状的模型。馅子也讲究，粗大的韭菜叶一概舍去，专选细嫩部分细切，然后拌上切碎了的生板油丁。蒸好之后，脂油半融半呈晶莹的碎渣，使得韭菜变得软润合度。像这样的韭菜篓端上一盘，你纵然已有饱意，也不能不取食一两个。

普通人家都会做韭菜篓，只是韭菜馅包子而已，真正够标准的韭菜篓，要让东兴楼独步。

菜　包

华北的大白菜堪称一绝。山东的黄芽白行销江南一带。我有一家亲戚住在哈尔滨，其地苦寒，蔬菜不易得，每逢阴年倩人带去大白菜数头，他们如获至宝。在北平，白菜一年四季无缺，到了冬初便有推小车子的小贩，一车车的白菜沿街叫卖。普通人家都是整车地买，留置过冬。夏天是白菜最好的季节，吃法太多了，炒白菜丝、栗子烧白菜、熬白菜、腌白菜，怎样吃都好。但是我最欣赏的是菜包。

取一头大白菜，择其比较肥大者，一层层地剥，剥到最后只剩一个菜心。每片叶子上一半作圆弧形，下一半白菜帮子酌量切去。弧形菜叶洗净待用。准备几样东西：

一、蒜泥拌酱一小碗。

二、炒麻豆腐一盘。麻豆腐是绿豆制粉丝剩下来的渣子，发酵后微酸，作灰绿色。此物他处不易得。用羊尾巴油炒最好，加上一把青豆更好。炒出来像是一摊烂稀泥。

三、切小肚儿丁一盘。小肚儿是猪尿泡灌猪血、芡粉煮成的，作粉红色，加大量的松子在内，有异香。酱肘子铺有卖。

四、炒豆腐松。炒豆腐成碎屑，像炒鸽松那个样子，起锅时大量加葱花。

五、炒白菜丝，要炒烂。

取热饭一碗，要小碗饭大碗盛。把蒜酱抹在菜叶的里面，要抹匀。把麻豆腐、小肚儿、豆腐松、炒白菜丝一起拌在饭碗里，要拌匀。把这碗饭取出一部分放在菜叶里，包起来，双手捧着咬而食之。吃完一个再吃一个，吃得满脸满手都是菜汁饭粒，痛快淋漓。

据一位旗人说这是满洲人吃法，缘昔行军时沿途取出菜叶包剩菜而食之。但此法一行，无不称妙。我曾数度以此待客，皆赞不绝口。

第四章

小时候的味道

人间烟火，最是滋味

RENJIANYANHUO, ZUISHIZIWEI

炸丸子

我想人没有不爱吃炸丸子的，尤其是小孩。我小时候，根本不懂什么五臭八珍，只知道小炸丸子最为可口。肉剁得松松细细的，炸得外焦里嫩，入口即酥，不需大嚼，既不吐核，又不摘刺，蘸花椒盐吃，一口一个，实在是无上美味。可惜一盘丸子只有二十来个，桌上人多，分下来差不多每人两三个，刚把馋虫诱上喉头，就难以为继了。我们住家的胡同口有一个同和馆，近在咫尺，有时家里来客留饭，就在同和馆叫几个菜作为补充，其中必有炸丸子，亦所以餍我们几个孩子所望。有一天，我们两三个孩子偎在母亲身边闲话，我的小弟弟不知怎么的心血来潮，没头没脑地冒出这样的一句话：“妈，小炸丸子要多少钱一碟？”我们听了哄然大笑，母亲却觉得一阵心酸，立即派佣人到同和馆买来一碟小炸丸子，我们两三个孩子伸手抓食，每人分到十个左右，心满意足。事隔七十多年，不能忘记那一回吃小炸丸子的滋味。

炸丸子上面加一个“小”字，不是没有缘由的。丸子大了，炸起来就不容易炸透。如果炸透，外面一层又怕炸过火。所以要小。有些馆子称之为樱桃丸子，也不过是形容其小。其实这是夸张，事实上总比樱桃大些。要炸得外焦里嫩有一个诀窍。先用温油炸到八分熟，捞起丸子，使稍冷却，在快要食用的时候投入沸油中再炸一遍。这样便可使外面焦而里面不至变老。

为了偶尔变换样子，炸丸子做好之后，还可以用葱花、酱油、芡粉在锅里勾一些卤，加上一些木耳，然后把炸好的丸子放进去滚一下就起锅，是为熘丸子。

如果用高汤煮丸子，而不用油煎，煮得白白嫩嫩的，加上一些黄瓜片或是小白菜心，也很可口，是为氽丸子。若是赶上毛豆刚上市，把毛豆剁碎羼在肉里，也很别致，是为毛豆丸子。

湖北馆子的蓑衣丸子也很特别，是用丸子裹上糯米，上屉蒸。蒸出来一个个的粘着挺然翘然的米粒，好像是披了一件蓑衣，故名。这道菜要做得好，并不难，糯米先泡软再蒸，就不会生硬。我不知道为什么湖北人特喜糯米，豆皮要包糯米，烧卖也要包糯米，丸子也要裹上糯米。我私人以为除了粽子、汤团和八宝饭之外，糯米派不上什么用场。

北平酱肘子铺（即便宜坊）卖一种炸丸子，扁扁的，外表疙瘩噜苏，里面全是一些筋头巴脑的剔骨肉，价钱便宜，可是风味特殊，当作火锅的锅料用最为合适。我小时候上学，如果手头富裕，买个炸丸子夹在烧饼里，惬意极了，如今回想起来还回味无穷。

最后还不能不提到“乌丸子”。一半炸猪肉丸子，一半炸鸡胸肉丸子，盛在一个盘子里，半黑半白，很是别致。要有一小碗卤汁，蘸卤汁吃才有风味。为什么叫乌丸子，我不知道，大概是什么一位姓乌的大老爷所发明，故以此名之。从前有那样的风气，人以菜名，菜以人名，如潘鱼、江豆腐之类皆是。

饺　子

“好吃不过饺子，舒服不过倒着。”这是北方乡下的一句俗语。北平城里的人不说这句话。因为北平人过去不说饺子，都说“煮饽饽”，这也许是满洲语。我到了十四岁才知道煮饽饽就是饺子。

北方人，不论贵贱，都以饺子为美食。钟鸣鼎食之家有的是人力财力，吃顿饺子不算一回事。小康之家要吃顿饺子要动员全家老少，和面、擀皮、剁馅、包捏、煮，忙成一团，然而亦趣在其中。年终吃饺子是天经地义，有人胃口特强，能从初一到十五顿顿饺子，乐此不疲。当然连吃两顿就告饶的也不是没有。至于在乡下，吃顿饺子不易，也许要在姑奶奶回娘家时候才能有此豪举。

饺子的成色不同，我吃过最低级的饺子。抗战期间有一年除夕我在陕西宝鸡，餐馆过年全不营业，我踯躅街头，遥见铁路旁边有一草棚，灯火荧然，热气直冒，乃趋就之，竟是一间饺子馆。我叫了二十个韭菜馅饺子，店主还抓了一把带皮的蒜瓣给我，外加一碗热汤。我吃得一头大汗，十分满足。

我也吃过顶精致的一顿饺子。在青岛顺兴楼宴会，最后上了一钵水饺，饺子奇小，长仅寸许，馅子却是黄鱼韭黄，汤是清澈而浓的鸡汤，表面上还漂着少许鸡油。大家已经酒足菜饱，禁不住诱惑，还是给吃得精光，连连叫好。

做饺子第一面皮要好。店肆现成的饺子皮，碱太多，煮出来滑溜溜的，咬起来韧性不足。所以一定要自己和面，软硬合度，而且要多醒一阵子。盖上一块湿布，防干裂。擀皮子不难，久练即熟，中心稍厚，边缘稍薄。包的时候一定要用手指捏紧。有些店里伙计包饺子，用拳头一握就是一个，快则快矣，煮出来一个个的面疙瘩，一无是处。

饺子馅各随所好。有人爱吃荠菜，有人怕吃茴香。有人要薄皮大馅，最好是一兜儿肉，有人愿意多羼青菜（有一位太太应邀吃饺子，咬了一口大叫，主人以为她必是吃到了苍蝇、蟑螂什么的，她说：“怎么，这里面全是菜！”主人大窘）。有人以为猪肉冬瓜馅最好，有人认定羊肉白菜馅为正宗。韭菜馅有人说香，有人说臭，天下之口并不一定同嗜。

冷冻饺子是不得已而为之，还是新鲜的好。据说新发明了一种制造饺子的机器，一贯作业，整洁迅速，我尚未见过。我想最好的饺子机器应该是——人。

吃剩下的饺子，冷藏起来，第二天油锅里一炸，炸得焦黄，好吃。

腊　　肉

腊肉就是经过制炼的腌肉，到了腊尾春头的时候拿出来吃，所以叫作腊肉。普通的暴腌咸肉，或所谓“家乡肉”，不能算是腊肉。

湖南的腊肉最出名，可是到了湖南却不能求之于店肆，真正上好的湖南腊肉要到人家里才能尝到。因为腊肉本是我们农村社会中家庭产品，可以长久存储，既以自奉，兼可待客，所谓“岁时伏腊”成了很普通的习俗。

真正上好的腊肉我只吃过一次。抗战初期，道出长沙，乘便去湘潭访问一位朋友。乘小轮溯江而上，虽然已是初夏，仍感觉到“春水绿波春草绿色”的景致宜人。朋友家在湘潭城内柳丝巷二号。一进门看见院里有一棵高大的梧桐。里面是个天井，四面楼房。是晚下榻友家，主人以盛馔招待，其中一味就是腊肉腊鱼。我特地到厨房参观，大吃一惊，厨房比客厅宽敞，而且井井有条、一尘不染。房梁上挂着好多鸡鸭鱼肉，下面地上堆了树枝干叶之类，犹在冉冉冒烟。原来腊味之制作最重要的一个步骤就是烟熏。微温的烟熏火燎，日久便把肉类熏得焦黑，但是烟熏的特殊味道都熏进去了。烟从烟囱散去，厨内空气清洁。

腊肉刷洗干净之后，整块地蒸。蒸过再切薄片，再炒一次最好，加青蒜炒，青蒜绿叶可以用但不宜太多，宜以白的蒜茎为主。加几条红辣椒也很好。在不得青蒜的时候始可以大葱代替。那一晚在湘潭朋友家中吃腊肉，宾主尽欢，喝干了一瓶“温州酒汗”，那是比汾酒稍淡近似贵州茅台的白酒。此后在各处的餐馆吃炒腊肉，都不能和这一次的相比。而腊鱼之美乃在腊肉之上。一饮一啄，莫非前定。

粽子节

今日何日？我家老妈子曰："今天是五月节，大门上应该插一些艾草菖蒲，点缀点缀。"我家老太太曰："今天是端午节，应该把《钟馗捉鬼图》悬在壁上，孩子脸上抹些雄黄酒，辟邪辟邪。"我的小孩子独曰："今天不知是哪一天，就说应该吃粽子！"我参考众意，觉得今天叫作"粽子节"比较亲切些。

据说粽子本来是为屈原先生吃的。皆因是这位三闾大夫当初在楚国做官，颇想做一些真正福国利民的事业，竟因不善投机，得罪了人，不能得志，急得形容枯槁，又黑又瘦。有一天到江边散步，一时想不开，抱起一块大石头来就跳下水了。如其只有屈原先生才配吃粽子，恐怕这些年来粽子的销路不会甚畅罢。

今天虽然是粽子节，但是我们也不能厚着脸皮吃两个粽子就算完事。《钟馗捉鬼图》还是不妨悬挂悬挂，尤其是在上海这个鬼多的地方。我们自己没有实力驱鬼，把一纸图画高高悬起，虽然鬼卒未必因此引退，我们总算尽了心，慰情聊胜于无了。

薄　饼

古人有“春盘”之说。《通俗编·四时宝镜》:“立春日，春饼生菜，号春盘。”春盘即后来所谓春饼。春天吃饼，好像各地至今仍有此种习俗。我所谈的薄饼，专指北平的吃法，且不限于岁首。

薄饼需热水和面，开水更好，烙出来才能软。两张饼为一盒。两块面团上下叠起，中间抹上麻油，然后擀成薄饼，放在热锅上烙，火要微，不需加油。俟饼变色，中间凸起，翻过来再烙片刻即熟。取出撕开，但留部分相连，放在一边用布盖上，再继续烙十盒二十盒。

薄饼是要卷菜吃的。菜分熟菜、炒菜两部分。

所谓熟菜就是从便宜坊叫来的苏盘。有大小两种，六十年前小者一元，大者约二元。漆花的圆盒子，盒子里有一个大盘子，盘子上一圈扇形的十个八个木头墩儿，中间一个小圆墩儿。每一扇形木墩儿摆一种切成细丝的熟菜，通常有下列几种：

酱肘子

熏肘子（白肉熏得微黄）

大肚儿（猪的胃）

小肚儿（膀胱灌肉末、芡粉、松子）

香肠（羼有豆蔻素沙，香）

烧鸭

熏鸡

清酱肉

炉肉（五花三层的烤肉，皮酥脆）

这些切成丝的肉，每样下面垫着小方块的肉，凸起来显着饱满的样子。中间圆墩则是一盘杂和菜。这一个苏盘很是壮观。

家里自备炒菜必不可少的是：摊鸡蛋，切成长条；炒菠菜；炒韭黄肉丝；炒豆芽菜；炒粉丝。若是韭黄肉丝、粉丝、豆芽菜炒在一起便是“和菜”，上面盖上一张摊鸡蛋，便是所谓“和菜戴帽儿”了。

此外一盘葱、一盘甜面酱，羊角葱最好，细嫩。

吃的方法太简单了，把饼平放在大盘子上，单张或双张均可，抹酱少许，葱数根，从苏盘中每样捡取一小箸，再加炒菜，最后放粉丝。

卷起来就可以吃了。有人贪，每样菜都狠狠地捡，结果饼小菜多，卷不起来，即使卷起来也竖立不起来。于是出馊招，卷饼的时候中间放一根筷子，竖起之后再把筷子抽出。那副吃相，下作！

饼吃过后，一碗“罐儿汤”似乎是必需的。“罐儿汤”和酸辣汤近似，但是不酸不辣，卧一个鸡蛋在内就成了。加些金针、木耳更好。

吃一回薄饼，餐桌上布满盘碗，其实所费无多。我犹嫌其麻烦，乃常削减菜数，仅备一盘熟肉切丝，一盘摊鸡蛋，一盘豆芽菜炒丝，一盘粉丝，名之曰“简易薄”。每食简易薄，儿辈辄欢呼不已，一个孩子保持一次吃七卷双张的纪录！

烙　饼

饼而曰烙，可知不是煎、不是炸、不是烤，更不是蒸。烙饼的锅曰铛，在这里音撑，差亨切，阴平声。铛是平底锅，通常无足无耳无柄，大小不一定。铛是铁打的，相当厚重，不容易烧热，可是烧热了也不容易凉，最适宜于烙饼。洋式的带柄的平底锅，也可以用来烙饼，而且小巧灵便，但是铝合金制的锅究竟传热太快冷却也太快，控制温度麻烦，不及我们的铛。

烙饼需要和面。和面不简单。没有触摸过白案子，初次和面，大概会弄得一塌糊涂，无有是处。烙饼需用热水和面，不是滚开的沸水，沸水和面就变成烫面了。用热水和面是取其和出来软。和好了面不能立刻烙，要容它“醒”一段时间。这段时间可长可短，看情形而定。

如果做家常饼，手续最简单。家常饼是薄薄的，里面的层次也不需太多，表面上更不需刷油，烙出来白磁糊裂的，只要相当软和就成。在北平懒婆娘自己不动手，可以到胡同口外蒸锅铺、油盐店之类的地方去定制，论斤卖。一斤面大概可以烙不大不小的四张。北方人贫苦，如果有两张家常饼，配上一盘摊鸡蛋（鸡蛋要摊成直径和饼一样大的两片），把蛋放在饼上，卷起来，竖立之，双手扶着，张开大嘴，左一口，右一口，中间再一口，那简直是无与伦比的一顿丰盛大餐。

孩子想吃甜食，最方便莫如到蒸锅铺去烙几张糖饼，黑糖和芝麻酱要另外算钱，事前要讲明几个铜板的黑糖，几个铜板的芝麻酱。烙饼里夹杂着黑糖和芝麻酱，趁热吃，那份香无法形容。我长大之后，自己在家中烙糖饼，乃加倍地放糖，加倍地放芝麻酱，来弥补幼时之未能十分满足的欲望。

葱油饼到处都有，但是真够标准的还是要求之于家庭主妇。北方善烹饪的家庭主妇，做法细腻，和一般餐馆之粗制滥造不同。一般餐馆所制，多患油腻。在山东，许多处的葱油饼是油炸的，焦黄的样子很好看，吃上一块两块就消受不了。在此处颇有在饼里羼味精的，简直是不可思议。标准的葱油饼要层多，葱多，而油不太多。可以用脂油丁，但是要少放。要层多，则擀面要薄，多卷两次再加葱。葱花要细，要九分白一分绿。撒盐要匀。锅里油要少，锅要热而火要小。烙好之后，两手拿饼直立起来在案板上戳打几下，这个小动作很重要，可以把饼的层次戳松。葱油饼太好吃，不需要菜。

清油饼实际上不是饼。是细面条盘起来成为一堆，轻轻压按使成饼形，然后下锅连煎带烙，成为焦黄的一坨。外面的脆硬，里面的还是软的。山东馆子最善此道。我认为最理想的吃法，是每人一个清油饼，然后一碗烩虾仁或烩两鸡丝，分浇在饼上。

鸽

明陶宗仪《辍耕录》:“颜清甫曲阜人……尝卧病，其幼子偶弹得一鹁鸽，归以供膳。”用弹弓打鸽子，在北方是常有的事。打下来就吃掉它。颜家小子打下的鸽子是一只传书鸽，这情形就尴尬了，害得颜老先生专程到传书人家去道歉。

我小时候家里就有发射泥丸的弓弩大小二只，专用以打房脊上落着的乌鸦，嫌它呱呱叫不吉利，可是从来没打中过一只。鸽子更是没有打过。鸽子的样子怪可爱的，在天空打旋尤为美观，我们也没想过吃它的肉。有许多的人家养鸽子，不拘品种，只图其肥，视为家禽的一种。我不觉得它的肉有什么特别诱人处。

吃鸽子的风气大概是以广东为最盛。烧烤店里常挂着一排排的烤鸽子。酒席里的油淋乳鸽，湘菜馆里也常见。乳鸽取其小而嫩。连头带脚一起弄熟了端上桌，有人专吃它胸脯一块肉，也有人爱嚼整个的小脑袋瓜，嚼得咯吱咯吱响。台北开设过一家专卖乳鸽的餐馆，大登广告，不久就关张了，可见嗜油淋乳鸽者不多。

炒鸽松比较地还可以吃，因为鸽肉已经切碎，杂以一些作料，再有一块莴苣叶包卷起来，吃不出什么鸽肉的味道。就像吃果子狸，也吃不出什么特别味道，直到看见有人从汤里捞出一个龇牙咧嘴的脑壳，才晓得是吃了果子狸。

北方馆子有红烧鸽蛋一味。鸽蛋比鹌鹑蛋略大，其蛋白蛋黄比鹌鹑蛋嫩，比鸡蛋也嫩得多。先煮熟，剥壳，下油锅炸，炸得外皮焦黄起皱，再回锅煎焖，投下冬菇、笋片、火腿之类的作料，勾芡起锅，好几道手续，相当麻烦。可是蛋白微微透明，蛋不大不小，正好一口一个，滋味不错。有人任性，曾一口气连吃了三盘！

大　　菜

在许多样上海特有的宝贝里，有所谓大菜者，常听见人津津乐道。后来我跟着人尝试了一回之后，才知道所谓大菜也者，就是先喝汤后吃菜，用刀叉而舍竹筷的一种饭食。大菜似乎本来是外国人吃的，所以上海的大菜馆便特别多。

但是我们中国人有许多人吃不惯牛油，喝不惯凉水，所以另有一种中国式的大菜应运而生。这种中国式的大菜，是以中国菜为体，以大菜为用，闭着眼睛嗅，喷香的中国菜的味儿，睁开眼睛看，有刀有叉有匙，罗列满桌。

吃吃大菜，本来无关宏旨，但是有些先生们，似乎非吃大菜不可了。家里随便吃什么菜饭，也要做出吃大菜状，大大小小的剃头刀、修脚刀一齐搬出来凑样子。

不过有一件事，我们可以记住：不管我们这一辈子吃多少回大菜，头发不会变黄，眼珠儿也不会变绿。

酱菜

抗战时我和老向在后方，我调侃他说：“贵地保定府可有什么名产？”他说：“当然有。保定府，三宗宝，铁球、酱菜、春不老。”他并且说将来有机会必定向我献宝，让我见识见识。抗战胜利还乡，他果然实践诺言，从保定到北平来看我，携来一对铁球（北方老人喜欢放在手里揉玩的玩意儿），一篓酱菜，春不老因不是季节所以不能带。铁球且不说，那篓酱菜我起初未敢小觑，胜地名产，当有可观。油纸糊的篓子，固然简陋，然凡物不可貌相。打开一看，原来是什锦酱菜，萝卜、黄瓜、花生、杏仁都有。我捏一块放进嘴里，哇，比北平的大腌萝卜“棺材板”还咸！

北平的酱菜，妙在不太咸，同时又不太甜。粮食店的六必居，因为匾额是严嵩写的（三个大字确是写得好），格外地有号召力，多少人跑老远的路去买他的酱菜。我个人的经验是，盛名之下，其实难副。铁门也有一家酱园，名震遐迩，也没有什么特殊。倒是金鱼胡同市场对面的天义顺，离我家近，货色新鲜。

酱菜的花样虽多，要以甜酱萝卜为百吃不厌的正宗。这种萝卜，细长质美，以制酱菜恰到好处。他处的萝卜嫌水分太多，质地不够坚实，酱出来便不够脆，不禁咀嚼。可见一切名产，固有赖于手艺，实则材料更为重要。甘露，作螺蛳状，清脆可口，是别处所没有的。

有两样酱菜，特别宜于作烹调的配料。一个是酱黄瓜炒山鸡丁。过年前后，野味上市，山鸡（即雉）最受欢迎，那彩色的长尾巴就很好看。取山鸡胸肉切丁，加进酱黄瓜块大火爆炒，临起锅时再投入大量的葱块，浇上麻油拌匀。炒出来鸡肉白嫩，羼上酱黄瓜又咸又甜的滋味，是年菜中不可少的一味，要冷食。北地寒，炒一大锅，经久不坏。

另一味是酱白菜炒冬笋。这是一道热炒。北方的白菜又白又嫩。新从酱缸出来的酱白菜，切碎，炒冬笋片，别有风味，和雪里蕻炒笋、荠菜炒笋、冬菇炒笋迥乎不同。

日本的酱菜，太咸太甜，吾所不取。

栗　子

栗子以良乡的为最有名。良乡县在河北，北平的西南方，平汉铁路线上。其地盛产栗子。然栗树北方到处皆有，固不必限于良乡。

我家住在北平大取灯胡同的时候，小园中亦有栗树一株，初仅丈许，不数年高二丈以上，结实累累。果苞若刺猬，若老鸡头，遍体芒刺，内含栗两三颗。熟时不摘取则自行坠落，苞破而栗出。捣碎果苞取栗，有浆液外流，可做染料。后来我在崂山上看见过巨大的栗子树，高三丈以上，果苞落下狼藉满地，无人理会。

在北平，每年秋节过后，大街上几乎每一家干果子铺门外都支起一个大铁锅，翘起短短的一截烟囱，一个小力巴挥动大铁铲，翻炒栗子。不是干炒，是用沙炒，加上糖使沙结成大大小小的粒，所以叫作糖炒栗子。烟煤的黑烟扩散，哗啦哗啦的翻炒声，间或有栗子的爆炸声，织成一片好热闹的晚秋初冬的景致。孩子们没有不爱吃栗子的，几个铜板买一包，草纸包起，用麻茎儿捆上，热乎乎的，有时简直是烫手热，拿回家去一时舍不得吃完，藏在被窝垛里保温。

煮咸水栗子是另一种吃法。在栗子上切十字形裂口，在锅里煮，加盐。栗子是甜滋滋的，加上咸，别有风味。煮时不妨加些八角之类的香料。冷食热食均佳。

但是最妙的是以栗子做点心。北平西车站食堂是有名的西餐馆。所制“奶油栗子面儿”或称“奶油栗子粉”实在是一绝。栗子磨成粉，就好像花生粉一样，干松松的，上面浇大量奶油。所谓奶油就是打搅过的奶油（whipped cream）。用小勺取食，味妙无穷。奶油要新鲜，打搅要适度，打得不够稠固然不好吃，打过了头却又稀释了。东安市场的中兴茶楼和国强西点铺后来也仿制，工料不够水准，稍形逊色。北海仿膳之栗子面小窝头，我吃不出栗子味。

杭州西湖烟霞岭下翁家山的桂花是出名的，尤其是满家弄，不但桂花特别香，而且桂花盛时栗子正熟，桂花煮栗子成了路边小店的无上佳品。徐志摩告诉我，每值秋后必去访桂，吃一碗煮栗子，认为是一大享受。有一年他去了，桂花被雨摧残净尽，他感而写了一首诗《这年头活着不易》。

十几年前在西雅图海滨市场闲逛，出得门来忽闻异香，遥见一意大利人推小车卖炒栗。论个卖——五角钱一个，我们一家六口就买了六颗，坐在车里分而尝之。如今我们这里到冬天也有小贩卖“良乡栗子”了。韩国进口的栗子大而无当，并且糊皮，不足取。

核桃酪

玉华台的一道甜汤核桃酪也是非常叫好的。

有一年，先君带我们一家人到玉华台午饭。满满的一桌，祖孙三代。所有的拿手菜都吃过了，最后是一大钵核桃酪，色香味俱佳，大家叫绝。先慈说："好是好，但是一天要卖出多少钵，需大量生产，所以只能做到这个样子，改天我在家里试用小锅制作，给你们尝尝。"我们听了大为雀跃。回到家里就天天腻着她做。

我母亲做核桃酪，是根据她为我祖母做杏仁茶的经验揣摩着做的。我祖母的早点，除了燕窝、哈什蚂、莲子等之外，有时候也要喝杏仁茶。街上卖的杏仁茶不够标准，要我母亲亲自做。虽是只做一碗，材料和手续都不能缺少，久之也就做得熟练了。核桃酪和杏仁茶性质差不多。

核桃来自羌胡，故又名胡桃，是张骞时传到中土的，北方盛产。

取现成的核桃仁一大捧，用沸水泡。司马光幼时倩人用沸水泡，以便易于脱去上面的一层皮，而谎告其姊说是自己剥的，这段故事是大家所熟悉的。开水泡过之后要大家帮忙剥皮的，虽然麻烦，但数量不多，顷刻而就。在馆子里据说是用硬毛刷去刷的！核桃要捣碎，越碎越好。

取红枣一大捧，也要用水泡，泡到涨大的地步，然后煮，去皮，这是最烦人的一道手续。枣树在黄河两岸无处不有，而以河南灵宝所产为最佳，枣大而甜。北平买到的红枣也相当肥大，不似台湾这里中药店所卖的红枣那样瘦小。可是剥皮取枣泥还是不简单。我们用的是最简单的笨法，用小刀刮，刮出来的枣泥绝对不带碎皮。

白米小半碗，用水泡上一天一夜，然后捞出来放在捣蒜用的那种较大的缸钵里，用一根捣蒜用的棒槌（当然都要洗干净使不带蒜味，没有捣过蒜的当然更好），尽力地捣，要把米捣得很碎，随捣随加水。碎米渣滓连同汁水倒在一块纱布里，用力拧，拧出来的浓米浆留在碗里待用。

煮核桃酪的器皿最好是小薄铫。铫读如吊。《正字通》："今釜之小而有柄有流者亦曰铫。"

铫是泥沙烧成的，质料像砂锅似的，很原始，很粗陋，黑黝黝的，但是非常灵巧而有用，煮点东西不失原味，远较铜锅铁锅为优，可惜近已淘汰了。

把米浆、核桃屑、枣泥合在一起在小薄铫里煮，要守在一旁看着，防溢出。很快地就煮出了一铫子核桃酪。放进一点糖，不要太多。分盛在三四个小碗（莲子碗）里，每人所得不多，但是看那颜色，微呈紫色，枣香、核桃香扑鼻，喝到嘴里黏糊糊的、甜滋滋的，真舍不得一下子咽到喉咙里去。

第五章

家常小菜

人 间 烟 火 ， 最 是 滋 味

RENJIANYANHUO, ZUISHIZIWEI

豆　　腐

豆腐是我们中国食品中的瑰宝。豆腐之法，是否始于汉淮南王刘安，没有关系，反正我们已经吃了这么多年，至今仍然在吃。在海外留学的人，到唐人街杂碎馆打牙祭少不了要吃一盘烧豆腐，方才有家乡风味。有人在海外由于制豆腐而发了财，也有人研究豆腐而得到学位。

关于豆腐的事情，可以编写一部大书，现在只是谈谈几项我个人所喜欢的吃法。

凉拌豆腐，最简单不过。买块嫩豆腐，冲洗干净，加上一些葱花，撒些盐，加麻油，就很好吃。若是用红酱豆腐的汁浇上去，更好吃。至不济浇上一些酱油膏和麻油，也不错。我最喜欢的是香椿拌豆腐。香椿就是庄子所说的“以八千岁为春，八千岁为秋”的椿。取其吉利，我家后院植有一棵不大不小的椿树，春发嫩芽，绿中微带红色，摘下来用沸水一烫，切成碎末，拌豆腐，有奇香。可是别误摘臭椿，臭椿就是樗，《本草纲目》李时珍曰:“其叶臭恶，歉年人或采食。”近来台湾也有香椿芽偶然在市上出现，虽非臭椿，但是嫌其太粗壮，香气不足。在北平，和香椿拌豆腐可以相提并论的是黄瓜拌豆腐，这黄瓜若是冬天温室里长出来的，在没有黄瓜的季节吃黄瓜拌豆腐，其乐也何如？比松花拌豆腐好吃得多。

“鸡刨豆腐”是普通家常菜，可是很有风味。一块老豆腐用铲子在炒锅热油里戳碎，戳得乱七八糟，略炒一下，倒下一个打碎了的鸡蛋，再炒，加大量葱花。养过鸡的人应该知道，一块豆腐被鸡刨了是什么样子。

“锅塌豆腐”又是一种味道。切豆腐成许多长方块，厚薄随意，裹以鸡蛋汁，再裹上一层芡粉，入油锅炸，炸到两面焦，取出。再下锅，浇上预先备好的调味汁，如酱油料酒等，如有虾子羼入更好。略烹片刻，即可供食。虽然仍是豆腐，然已别有滋味。台北天厨陈万策老板，自己吃长斋，然喜烹调，推出的锅塌豆腐就是北平作风。

沿街担贩有卖“老豆腐”者。担子一边是锅灶，煮着一锅豆腐，久煮成蜂窝状，另一边是碗匙作料如酱油、醋、韭菜末、芝麻酱、辣椒油之类。这样的老豆腐，自己在家里也可以做。天厨的老豆腐，加上了鲍鱼火腿等，身份就不一样了。

担贩亦有吆喝“卤煮啊，炸豆腐”者，他卖的是炸豆腐，三角形的，间或还有加上炸豆腐丸子的，煮得烂，加上些作料如花椒之类，也别有风味。

一九二九年至一九三〇年之际，李璜先生宴客于上海四马路美丽川（应该是美丽川菜馆，大家都称之为美丽川），我记得在座的有徐悲鸿、蒋碧微等人，还有我不能忘的席中的一道“蚝油豆腐”。

事隔五十余年，不知李幼老还记得否。蚝油豆腐用头号大盘，上面平铺着嫩豆腐，一片片的像瓦垄然，整齐端正，黄澄澄的稀溜溜的蚝油汁洒在上面，亮晶晶的。那时候四川菜在上海初露头角，我首次品尝，诧为异味，此后数十年间吃过无数次川菜，不曾再遇此一杰作。我揣想那一盘豆腐是摆好之后去蒸的，然后浇汁。

厚德福有一道名菜，尝过的人不多，因为非有特殊关系或情形他们不肯做，做起来太麻烦，这就是“罗汉豆腐”。豆腐捣成泥，加芡粉以增其黏性，然后捏豆腐泥成小饼状，实以肉馅，和捏汤团一般，下锅过油，再下锅红烧，辅以作料。罗汉是断尽三界一切见思惑的圣者，焉肯吃外表豆腐而内含肉馅的丸子，称之为罗汉豆腐是有揶揄之意，而且也没有特殊的美味，和“佛跳墙”同是噱头而已。

冻豆腐是广受欢迎的，可下火锅，可做冻豆腐粉丝熬白菜（或酸菜）。有人说，玉泉山的冻豆腐最好吃，泉水好，其实也未必。凡是冻豆腐，味道都差不多。我常看到北方的劳苦人民，辛劳一天，然后拿着一大块锅盔，捧着一黑皮大碗的冻豆腐粉丝熬白菜，稀里呼噜地吃，我知道他自食其力，他很快乐。

笋

我们中国人好吃竹笋。《诗经·大雅·韩奕》:“其蔌维何，维笋及蒲。”可见自古以来,就视竹笋为上好的蔬菜。唐朝还有专员管理植竹,《唐书·百官志》:“司竹监掌植竹苇,岁以笋供尚食。”到了宋朝的苏东坡,初到黄州立刻就吟出“长江绕郭知鱼美，好竹连山觉笋香”之句，后来传诵一时的“无竹令人俗,无肉令人瘦。若要不俗也不瘦,餐餐笋煮肉”,更是明白表示笋是餐餐所不可少的。不但人爱吃笋，熊猫也非吃竹枝竹叶不可，竹林若是开了花，熊猫如不迁徙便会饿死。

笋，竹萌也。竹类非一，生笋的季节亦异，所以笋也有不同种类。苦竹之笋当然味苦，但是苦的程度不同。太苦的笋难以入口，微苦则亦别有风味，如食苦瓜、苦菜、苦酒，并不嫌其味苦。苦笋先煮一过，可以稍减苦味。苏东坡吃笋专家，他不排斥苦笋，有句云:“久抛菘葛犹细事，苦笋江豚那忍说。”他对苦笋还念念不忘呢。黄鲁直曾调侃他：“公如端为苦笋归，明日青衫诚可脱。”为了吃苦笋，连官都可以不做。我们在台湾夏季所吃到的鲜笋，非常脆嫩，有时候不善挑选的人也会买到微带苦味的。好像从笋的外表形状就可以知道其是否苦笋。

春笋不但细嫩清脆，而且样子也漂亮。细细长长的，洁白光润，没有一点瑕疵。春雨之后，竹笋骤发，水分充足，纤维特细。古人形容妇女手指之美常曰春笋。“秋波浅浅银灯下，春笋纤纤玉镜前。”（《剪灯余话》）。这比喻不算夸张，你若是没见过春笋一般的手指，那是你所见不广。春笋怎样做都好，煎炒煨炖，无不佳妙。油焖笋非春笋不可，而春笋季节不长，故罐头油焖笋一向颇受欢迎，唯近制多粗制滥造耳。

冬笋最美。杜甫《发秦州》：“密竹复冬笋”，好像是他一路挖冬笋吃。冬笋不生在地面，冬天是藏在土里，需要掘出来。因其深藏不露，所以质地细密。北方竹子少，冬笋是外来的，相当贵重。在北平馆子里叫一盘“炒二冬”（冬笋冬菇）就算是好菜。东兴楼的“虾子烧冬笋”，春华楼的“火腿煨冬笋”，都是名菜。过年的时候，若是以一蒲包的冬笋、一蒲包的黄瓜送人，这份礼不轻，而且也投老饕之所好。我从小最爱吃的一道菜，就是冬笋炒肉丝，加一点韭黄木耳，临起锅浇一勺绍兴酒，认为那是无上妙品——但是一定要我母亲亲自掌勺。

笋尖也是好东西，杭州的最好。在北平有时候深巷里发出跑单帮的杭州来的小贩叫卖声，他背负大竹筐，有小竹篓的笋尖兜售。他的笋尖是比较新鲜的，所以还有些软。肉丝炒笋尖很有味，羼在素什锦或烤麸之类里面也好，甚至以笋尖烧豆腐也别有风味。笋尖之外还有所谓“素火腿”者，是大片的制炼过的干笋，黑黑的，可以当作零食啃。

究竟笋是越鲜越好。有一年我随舅氏游西湖，在灵隐寺前面的一家餐馆进膳，是素菜馆，但是一盘冬菇烧笋真是做得出神入化，主要的是因为笋新鲜。前些年一位朋友避暑上狮头山住最高处一尼庵，贻书给我说：“山居多佳趣，每日素斋有新砍之笋，味绝鲜美，盍来共尝？”我没去，至今引以为憾。

关于冬笋，台南陆国基先生赐书有所补正，他说：“‘冬笋不生在地面，冬天是藏在土里’这两句话若改作‘冬笋是生长在土里’，较为简明。兹将冬笋生长过程略述于后。我们常吃的冬笋为孟宗竹笋（台湾建屋搭鹰架用竹），是笋中较好吃的一种，隔年初秋，从地下茎上发芽，慢慢生长，至冬天已可挖吃。竹的地下茎，在土中深浅不一，离地面约十公分所生竹笋，其尖（芽）端已露出土壤，笋箨呈青绿。离地表面约尺许所生竹笋，冬天尚未露出土表，观土面隆起，布有新细缝者，即为竹笋所在。用锄挖出，笋箨淡黄。若离地面一尺以下所生竹笋，地面表无迹象，殊难找着。要是掘笋老手，观竹枝开展，则知地下茎方向，亦可挖到竹笋。至春暖花开，雨水充足，深土中竹笋迅速伸出地面，即称春笋。实际冬笋春笋原为一物，只是出土有先后，季节不同。所有竹笋未出地面都较好吃，非独孟宗竹为然。”附此志谢。

溜黄菜

黄菜指鸡蛋。北平人常避免说蛋字，因为它不雅，我也不知为什么不雅。“木樨”“芙蓉”“鸡子儿”都是代用词。更进一步“鸡”字也忌讳，往往称为“牲口”。

溜黄菜不是炒鸡蛋。北方馆子常用为一道外敬的菜。就如同“三不粘”“炸元宵”之类，作为奉赠性质。天津馆子最爱外敬，往往客人点四五道菜，馆子就外敬三四道，这样离谱的外敬，虽说不是什么贵重的菜色，也使顾客觉得不安。

溜黄菜是用猪油做的，要把鸡蛋黄制成糊状，故曰溜。蛋黄糊里加荸荠丁，表面撒一些清酱肉或火腿屑，用调羹舀来吃，色香味俱佳。家里有时宴客，如果做什么芙蓉干贝之类，专用蛋白，蛋黄留着无用，这时候就可以考虑做一盆溜黄菜了。馆子里之所以常外敬溜黄菜，可能也是剩余的蛋黄无处打发，落得外敬做人情了。

我家里试做好几次溜黄菜都失败了，炒出来是一块块的，不成糊状。后来请教一位亲戚，承她指点，方得诀窍。原来蛋黄打过加水，还要再加芡粉（多加则稠少加则稀），入旺油锅中翻搅之即成。凡事皆有一定的程序材料，不是暗中摸索所能轻易成功的。

自从试做成功，便常利用剩余的蛋黄炮制。直到有一天我胆结石症发，入院照 X 光，医嘱先吞鸡蛋黄一枚，我才知道鸡蛋黄有什么作用。原来蛋黄几乎全是脂肪，生吞下去之后胆囊受到刺激，立刻大量放出胆汁，这时候给胆囊照相便照得最清楚。此后我是无胆之人，见了溜黄菜便敬而远之，由有胆的人去享受了。

茄　　子

北方的茄子和南方的不同，北方的茄子是圆球形，稍扁，从前没见过南方的那种细长的茄子。形状不同且不说，质地也大有差异。北方经常苦旱，蔬果也就不免缺乏水分，所以质地较为坚实。

“烧茄子”是北方很普通的家常菜。茄子不需削皮，切成一寸多长的块块，用刀在无皮处划出纵横的刀痕，像划腰花那样，划得越细越好，入油锅炸。茄子吸油，所以锅里油要多，但是炸到微黄甚至微焦，则油复流出不少。炸好的茄子捞出，然后炒里脊肉丝少许，把茄子投入翻炒，加酱油，急速取出盛盘，上面撒大量的蒜末。味极甜美，送饭最宜。

我来到台湾，见长的茄子，试做烧茄，竟不成功。因为茄子水分太多，无法炸干，久炸则成烂泥。客家菜馆也有烧茄，烧得软软的，不是味道。

在北方，茄子价廉，吃法亦多。“熬茄子”是夏天常吃的，煮得相当烂，蘸醋蒜吃。不可用铁锅煮，因为容易变色。

茄子也可以凉拌，名为“凉水茄”。茄煮烂，捣碎，煮时加些黄豆，拌匀，浇上三合油，俟凉却加上一些芫荽即可食，最宜暑天食。放进冰箱冷却更好。

如果切茄成片，每两片夹进一些肉末之类，裹上一层面糊，入油锅炸之，是为“茄子盒”，略似炸藕盒的风味。

吃炸酱面，茄子也能派上用场。拌面的时候如果放酱太多，则过咸，太少则无味。切茄子成丁，如骰子般大，入油锅略炸，然后羼入酱中，是为“茄子炸酱”，别有一番滋味。

菠　　菜

我们常吃的菠菜，非我土产，唐太宗时来自西域。《唐会要》:“太宗时尼波罗国献波棱菜，类红蓝……火熟之，能益食味。”菠菜不但可口，而且富含铁质。

前几年电视曾上映的卡通片《大力水手》,随身法宝便是一罐菠菜。吞下菠菜之后，他的细瘦的两臂立即肌肉凸起，力大无穷，所向披靡。为什么形容菠菜有此奇效？原因是，美国的孩子们吃惯牛奶、牛肉、糖果，怕吃蔬菜。美国人又不善于烹制蔬菜，他们常吃的菠菜是冰冻的菠菜泥。即使是新鲜菠菜，也要煮得稀巴烂。孩子们视菠菜如畏途。所以才有“大力水手”的出现，意在诱使孩子吃菠菜。我们吃菠菜，无论是煮是炒，都要半生半熟不失其脆。放在火锅里，一汆即可。凡是蔬菜都不宜烧得太熟。

在北方，到了菠菜旺季，家家都大量购买菠菜，往往是一买就是半小车子。吃法很多，凉拌菠菜就很爽口，菠菜微煮，立即取出细切，俟凉浇上三合油，再加芝麻酱（稀释过的）及芥末。再则烩酸菠菜也是家常菜之一，菠菜下锅煮，半熟，投入一些猪肉丝，肉丝一变色就注入芡粉汁使之稠糊，再加适量的醋，最后撒上胡椒粉。菠菜的颜色略变，不能保持原有的绿色，但是酸溜溜，辣兮兮，不失为一碗别具风味的汤菜。

顿顿吃菠菜，吃久了也腻。北平俗语，吃菠菜太多会把脑门儿吃绿！吃豆腐太多会把两腿吃软！这当然是笑话。菠菜可以晒干，储留过冬。做干菠菜都是拣大棵的去晒。做馅吃是很有味的，如同干扁豆荚一样。

粥

我不爱吃粥。小时候一生病就被迫喝粥，因此非常怕生病。平素早点总是烧饼、油条、馒头、包子，非干物生噎不饱。抗战时在外做客，偶寓友人家，早餐是一锅稀饭，四色小菜大家分享。一小块酱豆腐在碟子中央孤立，一小撮花生米疏疏落落地撒在盘子中，一根油条斩作许多碎块堆在碟中成一小丘，一个完整的皮蛋在酱油碟里晃来晃去。不能说是不丰盛了，但是干噎惯了的人就觉得委屈，如果不算是虐待。

也有例外。我母亲若是亲自熬一小薄铫儿的粥，分半碗给我吃，我甘之如饴。薄铫（音吊）儿即是有柄有盖的小砂锅，最多能煮两小碗粥，在小白炉子的火口边上煮。不用剩饭煮，用生米淘净慢煨。水一次加足，不半途添水。始终不加搅和，任它翻滚。这样煮出来的粥，黏糊，烂，而颗颗米粒是完整的，香。再佐以笋尖、火腿、糟豆腐之类，其味甚佳。

一说起粥，就不免想起从前北方的粥厂，那是慈善机关或好心人士施舍救济的地方。每逢冬天就有不少鹑衣百结的人排队领粥。“馆粥不继”就是形容连粥都没得喝的人。“馆”是稠粥，粥指稀粥。喝粥暂时装满肚皮，不能经久。喝粥聊胜于喝西北风。

不过我们也必须承认，某些粥还是蛮好喝的。北方人家熬粥熟，有时加上大把的白菜心，俟菜烂再撒上一些盐和麻油，别有风味，名为“菜粥”。若是粥煮好后取嫩荷叶洗净铺在粥上，粥变成淡淡的绿色，有一股荷叶的清香渗入粥内，是为“荷叶粥”。从前北平有所谓粥铺，清晨卖“甜浆粥”，是用一种碎米熬成的稀米汤，有一种奇特的风味，佐以特制的螺蛳转儿、炸麻花儿，是很别致的平民化早点，但是不知何故被淘汰了。还有所谓大麦粥，是沿街叫卖的平民食物，有异香，也不见了。

台湾消夜所谓“清粥小菜”，粥里经常羼有红薯，味亦不恶。小菜真正是小盘小碗，荤素俱备。白日正餐大鱼大肉，消夜啜粥甚宜。

腊八粥是粥类中的综艺节目。北平雍和宫煮腊八粥，据《旧京风俗志》，是由内务府主办，惊师动众，这一顿粥要耗十万两银子！煮好先恭呈御用，然后分别赏赐王公大臣，这不是喝粥，这是招摇。然而煮腊八粥的风俗深入民间至今弗辍。我小时候喝腊八粥是一件大事。

午夜才过，我的二舅爹爹（我父亲的二舅父）就开始作业，搬出擦得锃光大亮的大小铜锅两个，大的高一尺开外，口径约一尺。然后把预先分别泡过的五谷杂粮如小米、红豆、老鸡头、薏仁米，以及粥果如白果、栗子、胡桃、红枣、桂圆肉之类，开始熬煮，不住地用长柄大勺搅动，防粘锅底。两锅内容不太一样，大的粗糙些，小的细致些，以粥果多少为别。此外尚有额外精致粥果另装一盘，如瓜子仁、杏仁、葡萄干、红丝青丝、松子、蜜饯之类，准备临时放在粥面上的。等到腊八早晨，每人一大碗，尽量加红糖，稀里呼噜地喝个尽兴。家家熬粥，家家送粥给亲友，东一碗来，西一碗去，真是多此一举。剩下的粥，倒在大绿釉瓦盆里，自然凝冻，留到年底也不会坏。自从丧乱，年年过腊八，年年有粥喝，兴致未减，材料难求，因陋就简，虚应故事而已。

面　　条

面条，谁没吃过？但是其中大有学问。

北方人吃面讲究吃抻面。抻，音 chēn，用手拉的意思，所以又称为拉面。用机器压切的面曰切面，那是比较晚近的产品，虽然产制方便，味道不大对劲。

我小时候在北京，家里常吃面，一顿饭一顿面是常事，面又常常是面条。一家十几口，面条由一位厨子供应，他的本事不小。在夏天，他总是打赤膊，拿大块和好了的面团，揉成一长条，提起来拧成麻花形，滴溜溜地转，然后执其两端，上上下下地抖，越抖越长，两臂伸展到无可再伸，就把长长的面条折成双股，双股再拉，拉成四股，四股变成八股，一直拉下去，拉到粗细适度为止。在拉的过程中不时地在撒了干面粉的案子上重重地摔，使粘上干面，免得粘了起来。这样的拉一把面,可供十碗八碗。一把面抻好投在沸滚的锅里,马上抻第二把面,如是抻上两三把,差不多就够吃的了,可是厨子累得一头大汗。我常站在厨房门口,参观厨子表演抻面,越夸奖他,他越抖神,眉飞色舞,如表演体操。面和得不软不硬,像牛筋似的,两胳膊若没有一把子力气,怎行?

面可以抻得很细。隆福寺街灶温,是小规模的二荤铺,他家的拉面真是一绝。拉得像是挂面那样细,而吃在嘴里利利落落。在福全馆吃烧鸭,鸭架装打卤,在对门灶温叫几碗一窝丝,真是再好没有的打卤面。自己家里抻的面,虽然难以和灶温的比,也可以抻得相当标准。也有人喜欢吃粗面条,可以粗到像是小指头,筷子夹起来扑棱扑棱的像是鲤鱼打挺。本来抻面的妙处就是在于那一口咬劲儿,多少有些韧性,不像切面那样的糟,其原因是抻得久,把面的韧性给抻出来了。要吃过水儿面,把煮熟的面条在冷水或温水里涮一下;要吃锅里挑,就不过水,稍微黏一点,各有风味。面条儿宁长勿短,如嫌太长可以拦腰切一两刀再下锅。寿面当然是越长越好。曾见有人用切面做寿面。也许是面搁久了,也许是煮过火了,上桌之后,当众用筷子一挑,肝肠寸断,窘得下不了台!

其实面条本身无味,全凭调配得宜。我见识谫陋,记得在抗战初年,长沙尚未经过那次大火,在天心阁吃过一碗鸡火面,印象甚深。首先是那碗,大而且深,比别处所谓“二海”容量还要大些,先声夺人。

那碗汤清可见底，表面上没有油星，一抹面条排列整齐，像是美人头上才梳拢好的发蓬，一根不扰。大大的几片火腿鸡脯摆在上面。看这模样就觉得可人，味还差得了？再就是离成都不远的牌坊面，远近驰名，别看那小小一撮面，七八样作料加上去，硬是要得，来往过客就是不饿也能连罄五七碗。我在北碚的时候，有一阵子诗人尹石公做过雅舍的房客，石老是扬州人，也颇喜欢吃面，有一天他对我说：“李笠翁《闲情偶寄》有一段话提到汤面深获我心，他说味在汤里而面索然寡味，应该是汤在面里然后面才有味。我照此原则试验已得初步成功，明日再试敬请品尝。”第二天他果然市得小小蹄髈，细火炮烂，用那半锅稠汤下面，把汤耗干为度，蹄髈的精华乃全在面里。

我是从小吃炸酱面长大的。面一定是自抻的，从来不用切面。后来离乡外出，没有厨子抻面，退而求其次，家人自抻小条面，供三四人食用没有问题。用切面吃炸酱面，没听说过。四色面码，一样也少不得，掐菜、黄瓜丝、萝卜缨、芹菜末。

火　腿

从前北方人不懂吃火腿，嫌火腿有一股陈腐的油腻涩味，也许是不善处理，把“滴油”一部分未加削裁就吃下去了，当然会吃得舌矫不能下，好像舌头要粘住上膛一样。有些北方人见了火腿就发憷，总觉得没有清酱肉爽口。后来许多北方人也能欣赏火腿，不过火腿究竟是南货，在北方不是顶流行的食物。道地的北方餐馆做菜配料，绝无使用火腿，永远是清酱肉。事实上，清酱肉也的确很好，我每次作江南游总是携带几方清酱肉，分馈亲友，无不赞美。只是清酱肉要输火腿特有的一段香。

火腿的历史且不去谈它。也许是宋朝大破金兵的宗泽于无意中所发明。宗泽是义乌人，在金华之东。所以直到如今，凡火腿必曰金华火腿。东阳县亦在金华附近，《东阳县志》云：“薰蹄，俗谓火腿，其实烟薰，非火也。腌晒薰收如法者，果胜常品，以所腌之盐必台盐，所薰之烟必松烟，气香烈而善人，制之及时如法，故久而弥旨。”火腿制作方法亦不必细究，总之手续及材料必定很有考究。东阳上蒋村蒋氏一族大部分以制火腿为业，故“蒋腿”特为著名。金华本地常不能吃到好的火腿，上品均已行销各地。

我在上海时，每经大马路，辄至天福市得熟火腿四角钱，店员以利刃切成薄片，瘦肉鲜明似火，肥肉依稀透明，佐酒下饭为无上妙品。至今思之犹有余香。

一九二六年冬，某日吴梅先生宴东南大学同人于南京北万全，予亦叨陪。席间上清蒸火腿一色，盛以高边大瓷盘，取火腿最精部分，切成半寸见方高寸许之小块，二三十块矗立于盘中，纯由醇酿花雕蒸制熟透，味之鲜美无与伦比。先生微酡，击案高歌，盛会难忘，于今已有半个世纪有余。

抗战时，某日张道藩先生召饮于重庆之留春坞。留春坞是云南馆子。云南的食物产品，无论是萝卜或是白菜都异常硕大，猪腿亦不例外。故云腿通常均较金华火腿为壮观，脂多肉厚，虽香味稍逊，但是做叉烧火腿则特别出色。留春坞的叉烧火腿，大厚片烤熟夹面包，丰腴适口，较湖南馆子的蜜汁火腿似乎尤胜一筹。

台湾气候太热，不适于制作火腿，但有不少人仿制，结果不是粗制滥造，便是腌晒不足急于发售，带有死尸味；幸而无尸臭，亦是一味死咸，与“家乡肉”无殊。逢年过节，常收到礼物，火腿是其中一色。即使可以食用，其中那根大骨头很难剔除，运斤猛斫，可能砍得稀巴烂而骨尚未断，我一见火腿便觉束手无策，廉价出售不失为一办法，否则只好央由菁清持往熟识商店请求代为肢解。

有人告诉我，整只火腿煮熟是有诀窍的。法以整只火腿浸泡水中三数日，每日换水一二次，然后刮磨表面油渍，然后用凿子挖出其中的骨头（这层手续不易），然后用麻绳紧紧捆绑，下锅煮沸二十分钟，然后以微火煮两小时，然后再大火煮沸，取出冷却，即可食用。像这样繁复的手续，我们哪得工夫？不如买现成的火腿吃（台北有两家上海店可以买到），如果买不到，干脆不吃。

有一次得到一只真的金华火腿，瘦小坚硬，大概是收藏有年。菁清持往熟识商肆，老板奏刀，“砉”的一声，劈成两截。他怔住了，鼻孔翕张，好像是嗅到了异味，惊叫：“这是道地的金华火腿，数十年不闻此味矣！”他嗅了又嗅不忍释手，他要求把爪尖送给他，结果连蹄带爪都送给他了。他说回家去要好好炖一锅汤吃。

美国的火腿，所谓 ham，不是不好吃，是另一种东西。如果是现烤出来的大块火腿，表皮上烤出凤梨似的斜方格，趁热切大薄片而食之，亦颇可口，唯不可与金华火腿同日而语。“佛琴尼亚火腿”则又是一种货色，色香味均略近似金华火腿，去骨者尤佳，常居海外的游子，得此聊胜于无。

第六章

年年有余

人　间　烟　火，　最　是　滋　味

RENJIANYANHUO,ZUISHIZIWEI

炸活鱼

报载一段新闻：新加坡禁止餐厅制卖一道中国佳肴“炸活鱼”。据云：“这道用‘北平秘方’烹调出来的佳肴，是一位前来访问的中国大陆厨师引进新加坡的。即把一条活鲤，去鳞后，把两鳃以下部分放到油锅中去炸。炸好的鱼在盘中上桌时，鱼还会喘气。”

我不知道北平有这样的秘方。在北平吃“炝活虾”的人也不多。杭州西湖楼外楼的一道名菜“炝活虾”，我是看见过的，我没敢下箸。从前北平没有多少像样的江浙餐馆，小小的五芳斋、大鸿楼之类，偶尔有炝活虾应市，北方佬多半不敢领教。但是我见过正阳楼的伙计表演吃活蟹，活生生的一只大蟹从缸里取出，硬把蟹壳揭开，吮吸其中的蟹黄蟹白。蟹的八足两螯乱扎煞！举起一条欢蹦乱跳的黄河鲤，当着顾客面前往地上一摔，摔得至少半死，这是河南馆子的作风，在北平我没见过这种场面。至于炸活鱼，我听都没有听说过。鱼的下半截已经炸熟，鳃部犹在一鼓一鼓地喘气，如果有此可能，看了令人心悸。

我有一次看一家“东洋御料理”的厨师准备一盘龙虾。从水柜中捞起一只懒洋洋的龙虾，并不“生猛”，略加拂拭之后，咔嚓一下把虾头切下来了，然后剥身上的皮，把肉切成一片片，再把虾头虾尾拼放在盘子里，虾头上的须子仍在舞动。这是东洋御料理，他们“切腹”都干得出来，切一条活龙虾算得什么！

日本人爱吃生鱼，我觉得吃在嘴里，软趴趴的，黏糊糊的，烂糟糟的，不是滋味。我们有时也吃生鱼。西湖楼外楼就有“鱼生”一道菜，取活鱼，切薄片，平铺在盘子上，浇上少许酱油、麻油、料酒，嗜之者觉得其味无穷。云南馆子的过桥面线，少不了一盘生鱼片，广东茶楼的鱼生粥，都是把生鱼片烫熟了吃。君子远庖厨，闻其声不忍食其肉！今所谓“炸活鱼”，乃于吃鱼肉之外还要欣赏其死亡喘息的痛苦表情，诚不知其是何居心。禁之固宜。不过要说这是北平秘方，如果属实，也是最近几十年的新发明。从前的北平人没有这样的残忍。

残酷，野蛮，不是新鲜事。人性的一部分本来是残酷野蛮的。我们好几千年的历史就记载着许多残暴不仁的事，诸如汉朝的吕后把戚夫人“断手足，去眼，熏耳，饮喑药，置厕中，称为人彘”，更早的纣王时之“膏铜柱，下加之炭，令有罪者行焉，辄堕炭中，妲己笑，名曰炮烙之刑”。杀人不过头点地，不行，要让他慢慢死，要他供人一笑，这就是人的穷凶极恶的野蛮。人对人尚且如此，对水族的鱼虾还能手下留情？“北平秘方炸活鱼”这种事我宁信其有。生吃活猴脑，有例在前。

西方人的野蛮残酷一点也不后人。古罗马圆形戏场之纵狮食人，是万千观众的娱乐节目。天主教会之审判异端火烧活人，认为是顺从天意。西班牙人的斗牛，一把把的利剑刺上牛背直到它倒地而死为止，是举国若狂的盛大节目。兽食人，人屠兽，同样的血腥气十足，相形之下炸活鱼又不算怎样特别残酷了。

醋熘鱼

清梁晋竹《两般秋雨盦随笔》：

西湖醋溜鱼，相传是宋五嫂遗制，近则工料简涩，直不见其佳处。然名留刀匕，四远皆知。番禺方橡坪孝廉恒泰《西湖词》云：

小泊湖边五柳居，
当筵举网得鲜鱼，
味酸最爱银刀鲙，
河鲤河鲂总不如。

梁晋竹是清道光时人，距今不到二百年，他已感叹当时的西湖醋熘鱼之徒有虚名。宋五嫂的手艺，吾固不得而知，但是七十年前侍先君游杭，在楼外楼尝到的醋熘鱼，仍惊叹其鲜美，嗣后每过西湖辄登楼一膏馋吻。楼在湖边，凭窗可见巨篓系小舟，篓中畜鱼待烹，固不必举网得鱼。普通选用青鱼，即草鱼，鱼长不过尺，重不逾半斤，宰割收拾过后氽以沸汤，熟即起锅，勾芡调汁，浇在鱼上，即可上桌。

醋熘鱼当然是汁里加醋，但不宜加多，可以加少许酱油，亦不能多加。汁不要多，也不要浓，更不要油，要清清淡淡，微微透明。上面可以略撒姜末，不可加葱丝，更绝对不可加糖。如此方能保持现杀活鱼之原味。

现时一般餐厅，多标榜西湖醋熘鱼，与原来风味相去甚远。往往是浓汁满溢，大量加糖，无复清淡之致。

两做鱼

常听人说北方人不善食鱼，因为北方河流少，鱼也就不多。我认识一位蒙古贵族，除了糟熘鱼片之外，从不食鱼；清蒸鲥鱼、干烧鲫鱼，他不屑一顾，他生怕骨鲠刺喉。可是亦不尽然。不久以前我请一位广东朋友吃石门鲤鱼，居然谈笑间一根大刺横鲠在喉，喝醋吞馒头都不收效，只好到医院行手术。以后他大概只能吃“滑鱼球”了。我又有一位江西同学，他最会吃鱼，一见鱼脍上桌便不停下箸，来不及剔吐鱼刺，伸出舌头往嘴边一送，便一根根鱼刺贴在嘴角上，积满一把才用手抹去。可见食鱼之巧拙，与省籍无关，不分南北。

《诗经·陈风》:“岂其食鱼，必河之鲂？”“岂其食鱼，必河之鲤？”河就是黄河。鲂味腴美，《本草纲目》说“鲂鱼处处有之”。汉沔固盛产，黄河里也有。鲤鱼就更不必说。跳龙门的就是鲤鱼。冯谖齐人，弹铗叹食无鱼，孟尝君就给他鱼吃，大概就是黄河鲤了。提起黄河鲤，实在是大大有名。黄河自古时常泛滥，七次改道，为一大灾害，治黄乃成历朝大事。清代置河道总督管理其事，动员人众，斥付巨资，成为大家艳羡的肥缺。从事河工者乃穷极奢侈，饮食一道自然精益求精。于是豫菜乃能于餐馆业中独树一帜。全国各地皆有鱼产，松花江的白鱼、津沽的银鱼、近海的石首鱼、松江之鲈、长江之鲥、江淮之鮰、远洋之鲳……无不佳美，难分轩轾。黄河鲤也不过是其中之一。

豫菜以开封为中心，洛阳亦差堪颉颃。到豫菜馆吃饭，柜上先敬上一碗开口汤，汤清而味美。点菜则少不得黄河鲤。一尺多长的活鱼，欢蹦乱跳，伙计当着客人面前把鱼猛掷触地，活活摔死。鱼的做法很多，我最欣赏清炸酱汁两做，一鱼两吃，十分经济。

清炸鱼说来简单，实则可以考验厨师使油的手艺。使油要懂得沸油、热油、温油的分别。有时候做一道菜，要转变油的温度。炸鱼要用猪油，炸出来色泽好，用菜油则易焦。鱼剖为两面，取其一面，在表面上斜着纵横细切而不切断。入热油炸之，不需裹面糊，可裹芡粉，炸到微黄，鱼肉一块块地裂开，看样子就引人入胜。撒上花椒盐上桌。常见有些他处的餐馆做清炸鱼，鱼的身份是无可奈何的事，只要是活鱼就可以入选了，但是刀法太不讲究，切条切块大小不一，鱼刺亦多横断，最坏的是外面裹了厚厚一层面糊。

两做鱼另一半酱汁，比较简单，整块的鱼嫩熟之后浇上酱汁即可，唯汁宜稠而不黏，咸而不甜。要撒姜末，不需别的作料。

生炒鳝鱼丝

鳝为我国特产。正写是鱓，鳝为俗字。一名曰䱇。《山海经·北山经》："湖灌之山，湖灌之水出焉，其中多䱇。"鳝鱼各地皆有生产，腹作黄色，故曰黄鳝，浅水泥塘以至稻田，到处都有。

鳝鱼的样子有些可怕，像蛇，像水蛇，遍体无鳞，而又浑身裹着一层黏液，滑溜溜的，因此有人怕吃它。我小时看厨师宰鳝鱼，印象深刻。鳝鱼是放在院中大水缸里的，鳝鱼一条条在水中直立，探头到水面吸空气，抓它很容易，手到擒来。因为它黏，所以要用抹布裹着它才能抓得牢。用一根大铁钉把鳝鱼头部仰着钉牢在砧板上，然后顺着它的肚皮用尖刀直划，取出脏腑，再取出脊骨，皮上黏液当然要用盐搓掉。血淋淋的一道杀宰手续，看得人心惊胆战。

《颜氏家训·归心》："江陵刘氏，以卖鳝羹为业，后生一儿，头是鳝，自颈以下方为人耳。”莲池大师《放生文》注：“杭州湖墅干氏者，有邻家被盗，女送鳝鱼十尾，为母问安，畜瓮中，忘之矣。一夕，梦黄衣尖帽者十人，长跪乞命，觉而疑之，卜诸术人，曰：‘当有生求放耳。’遍索室内，则瓮有巨鳝在焉，数之正十，大惊，放之，时万历九年事也。”信有因果之说，遂作放生之论。但是美味所在，放者自放，吃者自吃。

在北方只有河南餐馆卖鳝鱼。山东馆没有这一项。食客到山东馆子点鳝鱼，是外行。河南馆做鳝鱼，我最欣赏的是生炒鳝鱼丝。鳝鱼切丝，一两寸长，猪油旺火爆炒，加进少许芫荽，加盐，不需其他任何配料。这样炒出来的鳝鱼，肉是白的，微有脆意，极可口，不失鳝鱼本味。另一做法是黄焖鳝鱼段，切成四方块，加一大把整的蒜瓣进去，加酱油，焖烂，汁要浓。这样做出来的鳝鱼是酥软的，别有风味。

淮扬馆子也善做鳝鱼，其中“炝虎尾”一色极为佳美。把鳝鱼切成四五寸长的宽条，像老虎尾巴一样，上略宽，下尖细，如果全是截自鳝鱼尾巴，则更妙。以沸汤煮熟之后即捞起，一条条地在碗内排列整齐，浇上预先备好麻油、酱油、料酒的汤汁，冷却后，再撒上大量的捣碎了的蒜（不是蒜泥）。宜冷食。样子有一点吓人，但是味美。至于炒鳝糊，或加粉丝垫底名之为软兜带粉。那鳝鱼虽名为炒，却不是生炒，是煮熟之后再炒，已经十分油腻。上桌之后侍者还要手持一只又黑又脏的搪瓷碗（希望不是漱口杯），浇上一股子沸开的油，嗞啦一声，油直冒泡，然后就有热心人用筷子乱搅拌一阵，还有热心人猛撒胡椒粉。那鳝鱼当中时常羼上大量笋丝茭白丝之类，有喧宾夺主之势。遇到这种场面，就不能不令人怀念生炒鳝鱼丝了。在万华吃海鲜，有一家招牌大书生炒鳝鱼丝，实际上还是熟炒。我曾问过一家北方名馆主人，为什么不试做生炒鳝丝，他说此地没有又粗又壮的巨鳝，切不出丝。也许他说得对，在市场里是很难遇到够尺寸的黄鳝。

江浙的爆鳝过桥面，令我怀想不置。爆鳝是炸过的鳝鱼条，然后用酱油焖，加相当多的糖。这种爆鳝，非常香脆，以半碟下酒，另半碟连汁倒在面上，香极了。

所说某处有所谓全鳝席，我没有见过这种场面。想来原则上和全鸭席差不多，以各种不同的方式取胜。全鸭席我是见过的——拌鸭掌、糟鸭片、烩鸭条、糟蒸鸭肝、烩鸭胰、黄焖鸭块、姜芽炒鸭片、烩鸭舌，最后是挂炉烧鸭。全鳝席当然也是类似的做法。这是噱头，知味者恐怕未必以为然，因为吃东西如配方，也要君臣佐使，搭配平衡。

炝青蛤

北人不大吃带壳的软体动物，不是不吃，是不似南人之普遍嗜食。

沈括《梦溪笔谈》卷二十四:“如今之北方人喜用麻油煎物，不问何物，皆用油煎。庆历中，群学士会于玉堂，使人置得生蛤蜊一篑，令饔人烹之，久且不至。客讶之，使人检视，则曰:‘煎之已焦黑而尚未烂。’坐客莫不大笑。”沈括，宋时人，当时可能有过这样的一个饔人闹过这样的一个笑话。

北平山东餐馆里，有一道有名的菜“炝青蛤”。所谓青蛤，一寸来长，壳面作淡青色，平滑洁净，肉微呈黄色，在蛤类中比较最具干净相。做法简单，先在沸水中烫过，然后掰开贝壳，一个个地都仰列在盘里，放入料酒、姜末、胡椒粉，即可上桌，为上好的佐酒之物。另一吃法是“芙蓉青蛤”，所谓芙蓉就是蒸蛋羹，蒸到半熟时把剥好的青蛤肉摆在表面上，再蒸片刻即得。也有不剥蛤肉，整个青蛤带壳投在蛋里去蒸的。这种带壳蒸的办法，似嫌粗豪，但是也有人说非如此不过瘾。

青蛤在家里也可以吃，手续简单，不过在北方吃东西多按季节。春夏之交，黄鱼大头鱼上市，也就是吃蛤蜊的旺季。我记得先君在世的时候，照例要到供应水产最为丰富的东单牌楼菜市采购青蛤，一买就是满满一麻袋，足足有好几十斤，几乎一个人都提不动，运回家来供我们大嚼。先是浸蛤于水，过一昼夜而泥沙吐尽。听人说，水里若是滴上一些麻油，则泥沙吐得更快更干净。我没有试过。蛤虽味鲜，不宜多食，但是我的二姊曾有一顿吃下一百二十个青蛤的纪录。大家这样狂吃一顿，一年之内不作再吃想矣。

在台湾我没有吃到过青蛤。著名的食物“蚵仔煎”，蚵仔是台语，实即牡蛎，亦即蚝。这种东西宁波一带盛产。剥出来的肉，名为蛎黄。李时珍《本草纲目》:“南海人，食其肉，谓之蛎黄。”其实蛎黄亦不限于南海。东北人喜欢吃的白肉酸菜火锅，即往往投入一盘蛎黄，使汤味格外鲜美。此地其他贝类，如哈蚂、蚋、海瓜子，大部分都是酱油汤子里泡着，咸滋滋的，失去鲜味不少。蚶子是南方普遍食物，人工培养蚶子的地方名为蚶田。《清一统志》:“莆田县东七十里大海上，有蚶田四百顷。”规模好大！蚶子用开水一烫，掰开加三合油加姜末就可以吃，壳里漾着血水，故名血蚶。我看见那血水，心里不舒服，再想到上海弄堂里每天清早刷马桶的人，用竹帚蛤子壳哗啦哗啦搅得震天响，看着蛤子就更不自在了。至于淡菜，一名壳菜，也是浙闽名产，晒干了之后可用以煨红烧肉，其形状很丑，像是晒干了的蝉，又有人想入非非说是像另外一种东西。总之这些贝类都不是北人所易接受的。

美国西海岸自阿拉斯加起以至南加州，海底出产一种巨大的蛤蜊，名曰 geoduck，很奇怪的当地的人却读如“古异德克”，又名之曰蛤王（king clam）。其壳并不太大，大者长不过四五寸许，但是它的肉体有一条长长的粗粗的肉伸出壳外，略有伸缩性，但不能缩进壳里，像象鼻一样，其状不雅，长可达一尺开外，两片硬壳贴在下面形同虚设。这条长鼻肉味鲜美，可以说是美国西海岸食物中的隽品。我曾为文介绍，可是国人旅游美国西部者，搜奇选胜，却很少人尝过古异德克。知音很难，知味亦不易。我初尝异味是在西雅图高叔哿、严倚云伉俪府上，这两位都精易牙之术。高先生告诉我，古异德克虽是珍品，而美国人不善处理，较高级餐馆菜单中偶然也列此一味，但是烹制出来，尽管猛加白兰地，不是韧如皮鞋底，就是味同嚼蜡。皆因西人烹调方法，不外油炸、水煮、热烤，就是缺了我们中国的“炒”。他们根本没有炒菜锅。英文中没有相当于“炒”的字，目前一般翻译都作 stir fry（一面翻腾一面煎）。高先生做古异德克是用炒的方法，先把象鼻形的那根肉割下来，其余部分丢弃，用沸水一浇，外表一层粗皱的松皮就容易脱落下来了，然后切成薄片，越薄越好。旺火，沸油，爆炒，加进葱姜盐，翻动十来下，熟了，略加玉米粉，使汁稠，趁热上桌。吃起来有广东馆子“炒响螺”的味道，美。

美国人不懂这一套。风行美国各地的“蛤羹”（clam chowder）味道不错，里面的番薯、牛奶、麦粉大概不少，稠糊糊的，很难发现其中有蛤。现在他们动起“蛤王”的脑筋来了，切碎古异德克制作蛤羹，并且装了罐头，想来风味不恶。

一九八六年五月七日台湾一家报纸刊出一则新闻式的广告，标题是“深海珍品鲍鱼贝——肉质鲜美好口味”。鲍鱼贝的名字起得好，即是古异德克。据说日本在一九七六年引进了鲍鱼贝，而且还生吃。在台湾好像尚未被老饕注意，也许是因为我们的美味种类已经太多了。

贝类之中体积最小者，当推江浙产的“黄泥螺”。这种东西我就从未见过。菁清说她从小就喜欢吃，清粥小菜经常少不了它。有一天她居然在台北一家店里瞥见了一瓶瓶的黄泥螺，像是他乡遇故知一般，扫数买了回来。以后再买就买不到了。据告这是海员偶然携来寄售的。黄泥螺小得像绿豆一般，黑不溜秋的，不起眼，里面的那块肉当然是小得可怜，而且咸得很。

乌鱼钱

东兴楼又一名馔曰乌鱼钱。做法简单，江浙馆皆优为之，而在北平东兴楼最擅胜场。

乌鱼就是墨鱼，亦称乌贼。不是我们这里盛产乌鱼子的乌鱼。俗谓乌鱼蛋，因蛋字不雅，以其小小圆圆薄薄的形状似制钱，故称乌鱼钱。而事实上也不是蛋，鱼卵哪有这样大？谁又有本领把它切得那样薄，那样匀？我一直以为那是蛋，有一年在青岛顺兴楼饮宴，上了这样一碗羹，皆夸味美，座中有一位曾省教授，是研究海洋鱼产的专家，他说这是乌贼的子宫，等于包着鱼卵的胞衣，晒干之后就成了片片的形状，我这才恍然大悟。

乌鱼钱制羹，要用清澈的高汤。鱼钱发好，洗净入沸汤煮熟，略勾粉芡，但勿过稠，临上桌时撒芫荽末、胡椒粉，加少许醋，使微酸，杀腥气。

鲍　　鱼

鲍鱼的原意是臭腌鱼。《史记·秦始皇本纪》:“会暑，上辒车臭，乃诏从官,令车载一石鲍鱼,以乱其臭。”就是以鲍鱼掩盖尸臭的意思。我现在所要谈的不是这个鲍鱼。

鲍鱼是石决明的俗称，亦称为鳆鱼。鳆实非鱼，乃有介壳之软体动物，常吸着于海水中的礁石之上，赖食藻类为生。壳之外缘有呼吸孔若干列成一排。我们此地所谓“九孔”就是鲍鱼一类。

从前人所谓“如入鲍鱼之肆”，形容其臭不可闻，今则提起鲍鱼无不赏其味美。新鲜的九孔，海鲜店到处有售，其味之鲜美在蚌类之中独树一帜。但是比起晒干了的广东之紫鲍,以及装了罐头的熟鲍鱼,尚不能同日而语。新鲜鲍鱼嫩而香，制炼过的鲍鱼味较厚而醇。

广东烹调一向以红烧鱼翅及红烧鲍脯为号召，确有其独到之处。

紫鲍块头很大，厚而结实，拿在手里沉甸甸的。烹制之后，虽然仍有韧性，但滋味非凡，比吃熊掌要好得多。我认识一位广东侨生，带有一些紫鲍，他患癌不治，临终以其所藏剩余之鲍鱼见贻，我睹物伤逝，不忍食之，弃置冰箱经年，终于清理旧物，不得已而试烹制之。也许是发得不好，也许是火候不对，结果是勉强下咽，糟蹋了东西。可见烹饪一道非利巴所能为。

罐头的鲍鱼，以我所知有日本的和墨西哥的两种，各有千秋。日本的鲍鱼个子小些，颜色淡些，一罐可能有三五个还不止。质地较为细嫩。墨西哥的罐头在美国畅销，品质不齐，有人在标签上可以看出货色的高低，想来是有人粗制滥造冒用名牌。

罐头鲍鱼是熟的，切成薄片是一道上好的冷荤，若是配上罐头龙须菜，便是绝妙的一道双拼。有人好喜欢吃鲍鱼，能迫不及待地打开罐头就用叉子取出一块举着啃，像吃玉米棒子似的一口一口地啃！

鲍鱼切成细丝，加芫荽菜梗，入锅爆炒，是下酒的一道好菜。

鲍鱼切成丁，比骰子稍大一点的丁，加虾子烩成羹，下酒送饭兼宜。

但是我吃鲍鱼最得意的是一碗鲍鱼面。有一年冬天我游沈阳，下榻友人家。我有凌晨即起的习惯，见其厨师老王伏枕呻吟不胜其苦，问其故，知是胃痛，我乃投以随身携带的苏打片，痛立止。老王感激涕零，无以为报，立刻翻身而起，给我煮了一大碗面做早点，仓促间找不到做面的浇头，在主人柜橱里摸索出一罐主人舍不得吃的鲍鱼，不由分说打开罐头把一整罐鲍鱼切成细丝，连原汁一起倒进锅里，煮出上尖的一大碗鲍鱼面。这是我一生没有过的豪举，用两片苏打换来一罐鲍鱼煮一碗面！主人起来，只闻到异香满室，后来廉得其情，也只好徒呼负负。

海　参

海参不是什么珍贵的东西。但是干货，在烹调之前先要发开。发海参的手续不简单，需要很久时间（现在市场有现成发好的海参，从前是没有的）。所以从前家常菜里没有海参，只有餐馆里或整桌席里才得一见。

我一向以为外国人不吃海参，他们看见我们吃海参，一定以为我们不是嘴馋便是野蛮，连“海胡瓜”都不肯饶。其实是我孤陋寡闻，外国人也吃海参，不过他们的吃法不同。他们吃我们要刮去丢掉的海参里面那一层皮，而我们吃他们所要丢掉的海参外面带刺的厚厚一层胶质。活的海参，我在外国的水族馆里看见过，各种颜色具备，黑的、白的、棕色的、斑驳的。咕咕囔囔的，不好看。鲜的海参，没吃过。

因为海参并不太珍贵，所以在饭庄子里所谓“海参席”乃是次等的席，次于所谓“鱼翅席”“燕翅席”。在海参席里，海参是主菜，通常是一大盘“趴烂海参”，名为趴烂，其实还是扑棱扑棱的居多。如果用象牙筷子去夹，还不大容易平平安安地夹到嘴边。

餐馆里的一道名菜“红烧大乌”。大乌就是黑色的体积特大的海参，又名乌参。上好的海参要有刺，又叫刺参。红烧大乌以淮扬馆子做得最好。五十年前北平西长安街一连有十几家大大小小的淮扬馆子，取名都叫什么什么“春”。我记不得是哪一家春了，所做红烧大乌特别好。每一样菜都用大小不同的瓷盖碗。这样既可保温又显得美观。红烧大乌上桌，茶房揭开碗盖，赫然两条大乌并排横卧，把盖碗挤得满满的。吃这道菜不能用筷子，要使羹匙，像吃八宝饭似的一匙匙地挑取。碗里没有配料，顶多有三五条冬笋。但是汁浆很浓，里面还羼有虾子。这道菜的妙处，不在味道，而是在对我们触觉的满足。我们品尝美味有时兼顾到触觉。红烧大乌吃在嘴里，有滑软细腻的感觉，不是一味的烂，而是烂中保有一点酥脆的味道。这道菜如果火候不到，则海参的韧性未除，隐隐然和齿牙作对，便非上乘了。我离开北平之后还没尝过标准的海参。

凉拌海参又是一种吃法。夏天谁都想吃一点凉的东西，酒席上四个冷荤，其实不冷，不如把四个冷荤免除，换上一大盘凉拌海参。海参煮过冷却，切成长长的细丝，越细越好，放进冰箱待用。另外预备一小碗三合油（即酱油、醋、麻油），一小碗稀释了的芝麻酱，一小碟蒜泥，上桌时把这配料浇在海参上拌匀，既凉且香，非常爽口，比里脊丝拉皮好吃多了。这是我先君传授给我的吃法，屡试皆受欢迎。

蟹

蟹是美味，人人喜爱，无间南北，不分雅俗。当然我说的是河蟹，不是海蟹。在台湾有人专程飞到香港去吃大闸蟹。好多年前我的一位朋友从香港带回了一篓螃蟹，分飨了我两只，得膏馋吻。蟹不一定要大闸的，秋高气爽的时节，大陆上任何湖沼溪流，岸边稻米高粱一熟，率多盛产螃蟹。在北平，在上海，小贩担着螃蟹满街吆唤。

七尖八团，七月里吃尖脐（雄），八月里吃团脐（雌），那是蟹正肥的季节。记得小时候在北平，每逢到了这个季节，家里总要大吃几顿，每人两只，一尖一团。照例通知长发送五斤花雕全家共饮。有蟹无酒，那是大煞风景的事。《晋书·毕卓传》:“右手持酒杯，左手持蟹螯，拍浮酒船中，便足了一生矣！”我们虽然没有那样狂，也很觉得乐陶陶了。

母亲对我们说，她小时候在杭州家里吃螃蟹，要慢条斯理，细吹细打，一点蟹肉都不能糟蹋，食毕要把破碎的蟹壳放在戥子上称一下，看谁的一份儿分量轻，表示吃得最干净，有奖。我心粗气浮，没有耐心，蟹的小腿部分总是弃而不食，肚子部分囫囵略咬而已。每次食毕，母亲教我们到后院采择艾尖一大把，搓碎了洗手，去腥气。

在餐馆里吃"炒蟹肉"，南人称炒蟹粉，有肉有黄，免得自己剥壳，吃起来痛快，味道就差多了。西餐馆把蟹肉剥出来，填在蟹匡里（蟹匡即蟹壳）烤，那种吃法别致，也索然寡味。食蟹而不失原味的唯一方法是放在笼屉里整只地蒸。在北平吃螃蟹的唯一好去处是前门外肉市正阳楼。他家的蟹特大而肥，从天津运到北平的大批蟹，到车站开包，正阳楼先下手挑拣其中最肥大者，比普通摆在市场或担贩手中者可以大一倍有余，我不知道他是怎样获得这一特权的。蟹到店中畜在大缸里，浇鸡蛋白催肥，一两天后才应客。我曾掀开缸盖看过，满缸的蛋白泡沫。食客每人一份小木槌小木垫，黄杨木制，旋床子定制的，小巧合用，敲敲打打，可免牙咬手剥之劳。我们因为是老主顾，伙计送了我们好几副这样的工具。这个伙计还有一个绝招，能吃活蟹，请他表演，他也不辞。他取来一只活蟹，两指掐住蟹匡，任它双螯乱舞，轻轻把脐掰开，咔嚓一声把蟹壳揭开，然后扯碎入口大嚼。看得人无不心惊。据他说味极美，想来也和吃炝活虾差不多。在正阳楼吃蟹，每客一尖一团足矣，然后补上一碟烤羊肉夹烧饼而食之，酒足饭饱。

别忘了要一碗氽大甲，这碗汤妙趣无穷，高汤一碗煮沸，投下剥好了的蟹螯七八块，立即起锅注在碗内，撒上芫荽末、胡椒粉和切碎了的回锅老油条。除了这一味氽大甲，没有任何别的羹汤可以压得住这一餐饭的阵脚。以蒸蟹始，以大甲汤终，前后照应，犹如一篇起承转合的文章。

蟹黄蟹肉有许多种吃法，烧白菜、烧鱼唇、烧鱼翅，都可以。蟹黄烧卖则尤其可口，唯必须真有蟹黄蟹肉放在馅内才好，不是一两小块蟹黄摆在外面做样子的。蟹肉可以腌后收藏起来，是为蟹胥，俗名为蟹酱，这是我们古已有之的美味。《周礼·天官·庖人》注："青州之蟹胥。"青州在山东，我在山东住过，却不曾吃过青州蟹胥，但是我有一位家在芜湖的同学，他从家乡带了一小坛蟹酱给我。打开坛子，黄澄澄的蟹油一层，香气扑鼻。一碗阳春面，加进一两匙蟹酱，岂止是"清水变鸡汤"？

海蟹虽然味较差，但是个子粗大，肉多。从前我乘船路过烟台、威海卫，停泊之后，舢板云集，大半是贩卖螃蟹和大虾的。都是煮熟了的。价钱便宜，买来就可以吃。虽然微有腥气，聊胜于无。生平吃海蟹最满意的一次，是在美国华盛顿州的安哲利斯港的码头附近，买得两只巨蟹，硕大无朋，从冰柜里取出，却十分新鲜，也是煮熟了的，一家人乘等候轮渡之便，在车上分而食之，味甚鲜美，和河蟹相比各有千秋，这一次的享受至今难忘。

陆放翁诗:“磊落金盘荐糖蟹”，我不知道螃蟹可以加糖，可是古人记载确有其事。《清异录》:“炀帝幸江都，吴中贡糟蟹、糖蟹。”《梦溪笔谈》:“大业中，吴郡贡蜜蟹二千头……又何胤嗜糖蟹。大抵南人嗜咸,北人嗜甘,鱼蟹加糖蜜,盖便于北俗也。”如今北人没有这种风俗，至少我没有吃过甜螃蟹，我只吃过南人的醉蟹，真咸！螃蟹蘸姜醋，是标准的吃法，常有人在醋里加糖，变成酸甜的味道，怪！

黄　　鱼

黄鱼，或黄花鱼，正式名称是石首鱼，因为头里有两块骨头其硬如石。我国近海皆有产，金门澎湖一带的尤其肥大，几乎四季不绝。《本草纲目·集解·志》曰："石首鱼出水能鸣，夜视有光，头中有石，如棋子。一种野鸭头中有石，云是此鱼所化。"这是胡扯。黄鱼怎会变野鸭？

黄鱼有一定的汛季，在平津一带，春夏之交是黄鱼上市的时候。到这时候，几乎家家都大吃黄鱼。我家的习惯，是焖煮黄鱼一大锅，加入一些肉片，无数的整颗的大蒜瓣，加酱油，这时节正是我们后院一棵花椒树发芽抽叶的当儿，于是大量采摘花椒芽，投入锅里一起煮。不分老幼，每人分得两尾，各个吃得笑逐颜开。同时必定备有烙饼，撕碎了蘸着鱼汤吃，美不可言。在台湾随时有黄鱼吃，但是那鲜花椒芽哪里去找？黄鱼汤里煮过的蒜瓣花椒芽都特别好吃。

北平胡同里卖猪头肉的小贩，口里吆唤着“面筋哟”，他斜背着的红漆木盒里却是猪肠、肝肚、猪头肉，而你喊他的时候必须是：“卖熏鱼儿的！”因为有时候他确是有熏黄鱼卖。五六寸长的小黄鱼，插在竹签子上，熏得黄黄的，香味扑鼻。因为黄鱼季节短，一年中难得吃到几次这样的熏黄鱼。

黄鱼晒干了就是白鲞。黄鱼的鳔晒干就是所谓“鱼肚”。鱼肚在温油锅里慢慢发开，在凉水里浸，松泡如海绵状，“蟹黄烧鱼肚”是一道名肴。可惜餐馆时常以假乱真，用炸猪肉皮冒充鱼肚，行家很容易分辨。

馆子里做黄鱼，最令我难忘的是北平前门外杨梅竹斜街春华楼所做的松鼠黄鱼。春华楼是比较晚起的江浙馆，我在二十年代期间常去小酌，那地方有一特色，每间雅座都布满张大千的画作，饭前饭后可以赏画。松鼠黄鱼是取尺许黄鱼一尾或两尾，去头去尾复抽出其脊骨。黄鱼本来刺不多，抽掉脊骨便完全是肉了。把鱼扭成麻花形，裹上鸡蛋面糊，下油锅炸，取出浇汁，弯曲之状真有几分像是松鼠。以后在别处吃到的松鼠黄鱼，多半不像松鼠，而且浇上糖醋汁，大为离谱。

此地前些年奎元馆以杭州的黄鱼面为号召，品尝之余大失所望。碗中不见黄鱼。

干　　贝

干贝应作乾贝，正式名称是江珧柱，亦作江瑶柱。瑶亦作鰩。一般简写都作干贝了。

干贝是贝属，也就是蚌的一类。软体动物有两片贝壳，薄而大。司贝壳启闭的肉柱二,一在壳之中央，比较粗大，在前方者较小。这肉柱取下晒干便是干贝。

新鲜的江瑶柱，我在大陆上没有吃过。在美国东西海岸的海鲜店里，炸江瑶柱是普通的食品之一。美国人吃法简单，许是只会油炸。油炸江瑶柱，块头相当大，裹以面糊，炸得焦焦黄黄的，也很可口。嫩嫩的，不似我们的干贝之愈咀嚼愈有味。

江瑶柱产在何处，我不知道。陆游《老学庵笔记》:“明州江瑶柱有二种，大者江瑶，小者沙瑶。然沙瑶可种，逾年则成江瑶矣。”明州在今之浙江省。是不是浙江乃产江瑶柱的地方之一？

苏东坡《四月十一日初食荔枝》诗:“似闻江鳐斫玉柱，更洗河豚烹腹腴。”有注:“予尝谓荔枝厚味，高格两绝，果中无比，惟江鳐柱、河豚鱼近之耳。”看这位老饕，“吃一看二眼观三”，有荔枝吃，还想到江瑶柱与河豚鱼！他所说的似是新鲜的江瑶柱，不是干贝。

干贝的吃法很多。因是干货，须先发开。用水发不如用黄酒发。最好头一天发，可以发得透。大的干贝好看，但不一定比小的好吃。小的干贝往往味醇而浓。普通的吃法如“干贝萝卜球”，削萝卜球太费事，自己家里做，切条就可以了。“干贝烧菜心”，是分别把菜心和干贝烧好，然后合在一起加热勾芡。“芙蓉干贝”是蒸好一碗蛋羹然后把干贝放在上面再蒸，不过发干贝的汤不拘是水是酒要打在蛋里。以上三种吃法，都要把干贝撕碎。其实整个的干贝，如果烧得透，岂不更好？只是多破费一些罢了。我母亲做干贝，拣其大小适度而匀称者，垫以火腿片、冬笋片，及二寸来长的大干虾米若干个，装在一大碗里，注入上好绍兴酒，上笼屉蒸二小时。其味之美无可形容。

鱼　丸

初到台湾，见推车小贩卖鱼丸，现煮现卖，热腾腾的。一碗两颗，相当大。一口咬下去，不大对劲，相当结实。丸与汤的颜色是浑浊的，微呈灰色，但是滋味不错。

我母亲是杭州人，善做南方口味的菜，但不肯轻易下厨，若是偶然操动刀俎，也是在里面小跨院露天升起小火炉自设锅灶。每逢我父亲一时高兴从东单菜市买来一条欢蹦乱跳的活鱼，必定亲手交给母亲，说："特烦处理一下。"就好像是绅商特烦名角上演似的。母亲一看是条一尺开外的大活鱼，眉头一皱，只好勉为其难，因为杀鱼不是一件愉快的事。母亲说，这鱼太活了，宜于做鱼丸。但是不忍心下手宰它。我二姊说："我来杀。"从屋里拿出一根门闩。鱼在石几上躺着，一杠子打下去未中要害，鱼是滑的，打了一个挺，跃起一丈多高，落在房檐上了。于是大家笑成一团，搬梯子，上房，捉到鱼便从房上直撺下来，摔了个半死，这才从容开膛清洗。幼时这一幕闹剧印象太深，一提起鱼丸就回忆起来。

做鱼丸的鱼必须是活鱼，选肉厚而刺少的鱼。像花鲢就很好，我母亲叫它作厚鱼，又叫它作纹鱼，不知这是不是方言。剖鱼为两片，先取一片钉其头部于木墩之上，用刀徐徐斜着刃刮其肉，肉乃成泥状，不时地从刀刃上抹下来置碗中。两片都刮完，差不多有一碗鱼肉泥。加少许盐，少许水，挤姜汁于其中，用几根竹筷打，打得越久越好，打成糊状。不需要加蛋白，鱼不活才加蛋白。下一步骤是煮一锅开水，移锅止沸，急速用羹匙舀鱼泥，用手一抹，入水成丸，丸不会成圆球形，因为无法搓得圆。连成数丸，移锅使沸，俟鱼丸变色即是八九分熟，捞出置碗内。再继续制作。手法要快，沸水要控制得宜，否则鱼泥有入水涣散不可收拾之虞。煮鱼丸的汤本身即很鲜美，不需高汤。将做好的鱼丸倾入汤内煮沸，撒上一些葱花或嫩豆苗，即可盛在大碗内上桌。当然鱼丸也可红烧，究不如清汤本色，这样做出的鱼丸嫩得像豆腐。

湖北是鱼产丰饶的地方。抗战时我在汉口停留过一阵，听说有个鲴鱼大王，能做鲴鱼全席，我不曾见识。不过他家的鲴鱼面吃过一碗，确属不凡。十几年前，友人高鸿缙先生，他是湖北人，以其夫人亲制鱼丸见贻，连鱼丸带汤带锅，滚烫滚烫的，喷香喷香的，我连吃了三天，齿颊留芬。如今高先生早已作古，空余旧事萦绕心头！

第七章

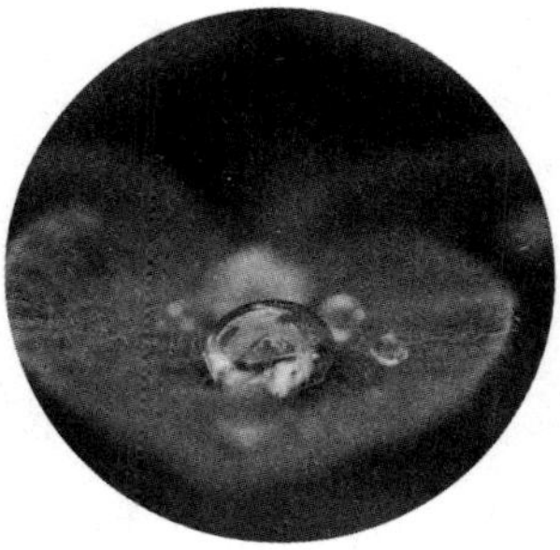

好吃的味道

人 间 烟 火 ， 最 是 滋 味

RENJIANYANHUO,ZUISHIZIWEI

狮子头

狮子头，扬州名菜。大概是取其形似，而又相当大，故名。北方饭庄称之为四喜丸子，因为一盘四个。北方做法不及扬州狮子头远甚。

我的同学王化成先生，扬州人，幼失怙，赖姑氏扶养成人，姑善烹调，化成耳濡目染，亦通调和鼎鼐之道。化成官外交部多年，后外放葡萄牙公使历时甚久，终于任上。他公余之暇，常亲操刀俎，以娱嘉宾。狮子头为其拿手杰作之一，曾以制作方法见告。

狮子头人人会做，巧妙各有不同。化成教我的方法是这样的：

首先取材要精。细嫩猪肉一大块，七分瘦三分肥，不可有些许筋络纠结于其间。切割之际最要注意，不可切得七歪八斜，亦不可剁成碎泥，其秘诀是“多切少斩”。挨着刀切成碎丁，越碎越好，然后略为斩剁。

次一步骤也很重要。肉里不羼芡粉，容易碎散；加了芡粉，黏糊糊的不是味道。所以调好芡粉要抹在两个手掌上，然后捏搓肉末成四个丸子，这样丸子外表便自然糊上了一层芡粉，而里面没有。把丸子微微按扁，下油锅炸，以丸子表面紧绷微黄为度。

再下一步是蒸。碗里先放一层转刀块冬笋垫底，再不然就横切黄芽白作墩形数个也好。把炸过的丸子轻轻放在碗里，大火蒸一个钟头以上。揭开锅盖一看，浮着满碗的油，用大匙把油撇去，或用大吸管吸去，使碗里不见一滴油。

这样的狮子头，不能用筷子夹，要用羹匙舀，其嫩有如豆腐。肉里要加葱汁、姜汁、盐。愿意加海参、虾仁、荸荠、香蕈，各随其便，不过也要切碎。

狮子头是雅舍食谱中重要的一色。最能欣赏的是当年在北碚的编译馆同人萧毅武先生，他初学英语，称之为“莱阳海带”，见之辄眉飞色舞。化成客死异乡，墓木早拱矣，思之怃然！

佛跳墙

佛跳墙的名字好怪。何物美味竟能引得我佛失去定力跳过墙去品尝？我来台湾以前没听说过这一道菜。

《读者文摘》（一九八三年七月份中文版）引载可叵的一篇短文《佛跳墙》，据她说佛跳墙“那东西说来真罪过，全是荤的，又是猪脚，又是鸡，又是海参、蹄筋，炖成一大锅……这全是广告噱头，说什么这道菜太香了，香得连佛都跳墙去偷吃了。”我相信她的话，是广告噱头，不过佛都跳墙，我也一直跃跃欲试。

同一年三月七日《青年战士报》有一位郑木金先生写过一篇《油画家杨三郎祖传菜名闻艺坛——佛跳墙耐人寻味》，他大致说：“传自福州的佛跳墙……在台北各大餐馆，正宗的佛跳墙已经品尝不到了……偶尔在一般乡间家庭的喜筵里也会出现此道台湾名菜，大都以芋头、鱼皮、排骨、金针菇为主要配料。其实源自福州的佛跳墙，配料极其珍贵。杨太太许玉燕花了十多天闲工夫才能做成的这道菜，有海参、猪蹄筋、红枣、鱼翅、鱼皮、栗子、香菇、蹄髈筋肉等十种昂贵的配料，先熬鸡汁，再将去肉的鸡汁和这些配料予以慢工出细活的好几遍煮法，前后计时将近两星期……已不再是原有的各种不同味道，而合为一味。香醇甘美，齿颊留香，两三天仍回味无穷。”这样说来，佛跳墙好像就是一锅煮得稀巴烂的高级大杂烩了。

北方流行的一个笑话，出家人吃斋茹素，也有老和尚忍耐不住想吃荤腥，暗中买了猪肉运入僧房，乘大众入睡之后，纳肉于釜中，取佛堂燃剩之蜡烛头一罐，轮番点燃蜡烛头于釜下烧之。恐香气外溢，乃密封其釜使不透气。一罐蜡烛头于一夜之间烧光，细火久焖，而釜中之肉烂矣；而且酥软味腴，迥异寻常。戏名之为“蜡头炖肉”。这当然是笑话，但是有理。

我没有方外的朋友，也没吃过蜡头炖肉，但是我吃过“坛子肉”。坛子就是瓦钵，有盖，平常做储食物之用。坛子不需大，高半尺以内最宜。肉及作料放在坛子里，不需加水，密封坛盖，文火慢炖，稍加冰糖。抗战时在四川，冬日取暖多用炭盆，亦颇适于做坛子肉，以坛置定盆中，烧一大盆缸炭，坐坛子于炭火中而以灰覆炭，使徐徐燃烧，约十小时后炭未尽成烬而坛子肉熟矣。纯用精肉，佐以葱姜，取其不失本味，如加配料以笋为最宜，因为笋不夺味。

"东坡肉"无人不知。究竟怎样才算是正宗的东坡肉,则去古已远,很难说了。幸而东坡有一篇《猪肉颂》:

净洗铛,少著水,柴头罨烟焰不起。待他自熟莫催他,火候足时他自美。黄州好猪肉,价贱如泥土,贵者不肯吃,贫者不解煮。早晨起来打两碗,饱得自家君莫管。

看他的说法,是晚上煮了第二天早晨吃,无他秘诀,小火慢煨而已。也是循蜡头炖肉的原理。就是坛子肉的别名吧?

一日,唐嗣尧先生招余夫妇饮于其巷口一餐馆,云其佛跳墙值得一尝,乃欣然往。小罐上桌,揭开罐盖热气腾腾,肉香触鼻。是否及得杨三郎先生家的佳制固不敢说,但亦颇使老饕满意。可惜该餐馆不久歇业了。

我不是远庖厨的君子,但是最怕做红烧肉,因为我性急而健忘,十次烧肉九次烧焦,不但糟蹋了肉,而且烧毁了锅,满屋浓烟,邻人以为是失了火。近有所谓电慢锅者,利用微弱电力,可以长时间地煨煮肉类,对于老而且懒又没有记性的人颇为有用,曾试烹近似佛跳墙一类的红烧肉,很成功。

西施舌

郁达夫一九三六年有《饮食男女在福州》一文，记西施舌云：

《闽小记》里所说的西施舌，不知是否指蚌肉而言，色白而腴，味脆且鲜，以鸡汤煮得适宜，长圆的蚌肉，实在是色香味俱佳的神品。

案《闽小记》是清初周亮工宦游闽垣时所做的笔记。西施舌属于贝类，似蛏而小，似蛤而长，并不是蚌。产浅海泥沙中，故一名沙蛤。其壳约长十五公分，作长椭圆形，水管特长而色白，常伸出壳外，其状如舌，故名西施舌。

初到闽省的人，尝到西施舌，莫不惊为美味。其实西施舌并不限于闽省一地。以我所知，自津沽青岛以至闽台，凡浅海中皆产之。

清张焘《津门杂记》录诗一首咏西施舌：

灯火楼台一望开，
放怀那惜倒金罍。
朝来饱啖西施舌，
不负津门鼓棹来。

诗不见佳，但亦可见他的兴致不浅。

我第一次吃西施舌是在青岛顺兴楼席上，一大碗清汤，浮着一层尖尖的白白的东西，初不知为何物，主人曰是乃西施舌，含在口中有滑嫩柔软的感觉，尝试之下果然名不虚传，但觉未免唐突西施。高汤氽西施舌，盖仅取其舌状之水管部分。若郁达夫所谓“长圆的蚌肉”，显系整个的西施舌之软体全入釜中。现下台湾海鲜店所烹制之西施舌即是整个一块块软肉上桌，较之专取舌部，其精粗之差不可以道里计。郁氏盛誉西施舌之“色香味形”，整个的西施舌则形实不雅，岂不有负其名？

咖喱鸡

我小时候不知咖喱粉是什么东西做的，以为像是咖啡豆似的磨成的。吃过无数次咖喱鸡之后才晓得咖喱粉乃是几种香料调味品混制而成。此物最初盛行于印度南部及锡兰一带。咖喱是 curry 的译音，字源是印度南部坦米尔语的 kari，意为调味酱。咖喱粉的成分不一，有多至十种八种者，主要的是小茴香（cumin），胡荽（coriander）和郁金根(turmeric)，黄色是来自郁金根。各种配料的成分比例不一致，故各种品牌的咖喱粉之味色亦不一样，有的很辣，有的很黄，有的很香。

凡是用咖喱粉调制的食品皆得称之为咖喱。最为大家所习知的是咖喱鸡（chicken curry）。我在一九一二年左右初尝此味，印象极深。东安市场的中兴茶楼，老板傅心齐很善经营，除了卖茶点之外兼做简单西餐。他对先君不断地游说："请尝尝我们的牛扒（即牛排），不在六国饭店的之下；请尝尝我们的咖喱鸡，物美价廉。"牛肉不愿尝试，先叫了一份咖喱鸡，果然滋味不错。他们还应外叫，一元钱四只笋鸡，连汁汤满满一锅送到府上。我们时常打个电话，叫两元的咖喱鸡，不到一小时就送到，家里只消预备白饭，便可享有丰盛的一餐，家人每个可以分到一只小鸡，最称心的是咖喱汤泡饭，每人可以罄两碗。

其实这样的咖喱鸡可说是很原始的，只是白水煮鸡，汤里加些芡粉使稠，再加咖喱粉，使成为黄澄澄辣兮兮的而已。因为咖喱的香味是从前没尝过的，遂觉非常可喜。考究一点的做法是鸡要先下油锅略炸，然后再煮，汤里要有马铃薯的碎块，煮得半烂成泥，鸡汤自然稠糊，不需勾芡。有人试过不用马铃薯，而用大干蚕豆，效果一样好。

高级西餐厅的咖喱鸡，除了几块鸡和一小撮白饭之外，照例还有一大盘各色配料，如肉松、鱼松、干酪屑、炸面包丁、葡萄干之类，任由取用。也有另加一勺马铃薯泥做陪衬的。我并不喜欢这些杂七杂八的东西，杂料太多，徒乱人意。我要的只是几块精嫩的鸡肉，充足的咖喱汁，适量的白饭。

印度人吃咖喱鸡饭，和吃别的东西一样，是用手抓的。初闻为之骇然。继而一想，我们古时也不免用手抓饭。《礼记·曲礼》："共饭不泽手。"注："泽，谓挼莎也。"疏："古之礼，饭不用箸，但用手，既与人共饭，手宜洁净，不得临食始挼莎手乃食，恐为人秽也。"意思是说，饭前要把手洗干净，不可临时搓搓手就去抓饭。古已有箸而不用，要用手抓，不晓得其故安在。直到晚近，新疆的一些少数民族不是还吃抓饭抓肉么？我还是不明白，咖喱鸡饭如何能用手抓。

拌鸭掌

鸡爪，鸭掌，鹅掌，都可以吃。

有人爱吃鸡跖，跖就是鸡足踵。《吕氏春秋》:“齐王之食鸡也，必食其跖,数千而后足。”其实鸡爪一层皮,有什么好吃,但是有人喜欢。广东馆子美其名曰凤爪，煮汤算是美味。冬菇凤爪煨汤，喝完捞起鸡爪吮，吐出一堆碎骨。

广东馆子的红烧鹅掌，是一道大菜。鹅体积大，掌特肥，经过煨煮之后膨胀起来格外厚实，吃起来就好像不只是一层皮了。

拌鸭掌是一道凉菜，下酒最宜。做起来很费事，需要把鸭掌上的骨头一根根地剔出，即使把鸭掌煮烂之后再剔亦非易事。而且要剔得干净，不可有一点残留。这道菜凡是第一流的山东馆都会做，不过精粗不等。鸭掌下面通常是以黄瓜木耳垫底，浇上三合油，再外加芥末一小碗备用。不是吃日本寿司那种绿芥末，也不是吃美国热狗那种酸兮兮的芥末，是我们中国的真正气味刺鼻的那种芥末。

芙蓉鸡片

在北平，芙蓉鸡片是东兴楼的拿手菜。请先说说东兴楼。东兴楼在东华门大街路北，名为楼，其实是平房，三进又两个跨院，房子不算大，可是间架特高，简直不成比例，据说其间还有个故事。当初兴建的时候，一切木料都已购妥，原是预备建筑楼房的，经人指点，靠近皇城根儿盖楼房有窥视大内的嫌疑，罪不在小，于是利用已有的木材改造平房，间架特高了。据说东兴楼的厨师来自御膳房，所以烹调颇有一手，这已不可考。其手艺属于烟台一派，格调很高。在北京山东馆子里，东兴楼无疑当首屈一指。

一九二六年夏，时昭瀛自美国回来，要设筵邀请同学一叙，央我提调，我即建议席设东兴楼。彼时燕翅席一桌不过十六元，小学教师月薪仅三十余元，昭瀛坚持要三十元一桌。我到东兴楼吃饭，顺便订席。柜上闻言一惊，曰：“十六元足矣，何必多费？”我不听。开筵之日，珍错杂陈，丰美自不待言。最满意者，其酒特佳。我吩咐茶房打电话到长发叫酒，茶房说不必了，柜上已经备好。原来柜上藏有花雕埋在地下已逾十年，取出一坛，羼以新酒，斟在大口浅底的细瓷酒碗里，色泽光润，醇香扑鼻，生平品酒此为第一。似此佳酿，酒店所无。而其开价并不特昂，专为留待嘉宾。当年北京大馆风范如此。预宴者吴文藻、谢冰心、瞿菊农、谢奋程、孙国华等。

北京饭馆跑堂都是训练有素的老手。剥蒜剥葱剥虾仁的小力巴，熬到独当一面的跑堂，至少要到三十岁左右的光景。对待客人，亲切周到而有分寸。在这一方面东兴楼规矩特严。我幼时侍先君饮于东兴楼，因上菜稍慢，我用牙箸在盘碗的沿上轻轻敲了叮当两响，先君急止我曰：“千万不可敲盘碗作响，这是外乡客粗鲁的表现。你可以高声喊人，但是敲盘碗表示你要掀桌子。在这里，若是被柜上听到，就会立刻有人出面赔不是，而且那位当值的跑堂就要卷铺盖，真个的卷铺盖，有人把门帘高高掀起，让你亲见那个跑堂扛着铺盖卷儿从你门前疾驰而过。不过这是表演性质，等一下他会从后门又转回来的。”跑堂待客要殷勤，客也要有相当的风度。

现在说到芙蓉鸡片。芙蓉大概是蛋白的意思，原因不明，“芙蓉虾仁”“芙蓉干贝”“芙蓉青蛤”皆曰芙蓉，料想是忌讳蛋字。取鸡胸肉，细切细斩，使成泥。然后以蛋白搅和之，搅到融和成为一体，略无渣滓，入温油锅中摊成一片片状。片要大而薄，薄而不碎，熟而不焦。起锅时加嫩豆苗数茎,取其翠绿之色以为点缀。如洒上数滴鸡油,亦甚佳妙。制作过程简单，但是在火候上恰到好处则见功夫。东兴楼的菜概用中小盘，菜仅盖满碟心，与湘菜馆之长箸大盘迥异其趣。或病其量过小，殊不知美食者不必是饕餮客。

抗战期间，东兴楼被日寇盘踞为队部。胜利后我返回故都，据闻东兴楼移帅府园营业，访问之后大失所望。盖已名存实亡，无复当年手艺。菜用大盘，粗劣庸俗。

由熊掌说起

《中国语文》二〇六期（第三十五卷第二期）刘厚醇先生《动物借用词》一文：

“鱼我所欲也，熊掌亦我所欲也；二者不可得兼，舍鱼而取熊掌也”。这是孟子的话。我怀疑孟子是否真吃过熊掌，我确信本刊的读者里没有人吃过熊掌。孟子这句话的意思是：假如不可能两个目标同时达到，应该放弃比较差一点的一个，而选择比较好一点的一个目标。熊掌和猩唇、驼峰全属于“八珍”，孟子用它来代表珍贵的东西；鱼是普通食物，代表平凡的东西。“鱼与熊掌”现在已经成为广泛通用的一句话，因为这个譬喻又简单又确切。（虽然，差不多所有的人全没吃过熊掌；如果当真的叫一般人去选择的话，恐怕全要“舍熊掌而取鱼也”！）

我也不知道孟子是否真吃过熊掌。若说“本刊的读者里没有人吃过熊掌”，则我不敢“确信”，因为我是“本刊的读者”之一，我吃过。

民国十一二年间，有一天侍先君到北京东兴楼小酌。我们平常到饭馆去是有固定的房间的，这一天堂倌抱歉地说：“上房一排五间都被王正廷先生预订了，要委屈二位在南房左边一间将就一下。”这无所谓。不久，只见上房灯火辉煌，衣冠济济，场面果然很大。堂倌给我们上菜之后，小声私语：“今天实在对不起，等一下我有一点外敬。”随后他端上了一盘热腾腾的、黏糊糊的东西。他说今天王正廷宴客，有熊掌一味，他偷偷地匀出来一小盘，请我们尝尝。这虽然近似贼赃，但他一番雅意却之不恭，而且这东西的来历如何也正难言。一饮一啄，莫非前定。我们也就接受了。

熊掌吃在嘴里，像是一块肥肉，像是“寿司”，又像是鱼唇，又软又黏又烂又腻。高汤煨炖，味自不恶，但在触觉方面并不感觉愉快，不但不愉快，而且好像难以下咽。我们没有下第二箸，真是辜负了堂倌为我们做贼的好意。如果我有选择的自由，我宁舍熊掌而取鱼。

事有凑巧，初尝异味之后不久，过年的时候，厚德福饭庄黑龙江分号执事送来一大包东西，大概是年礼罢，打开一看，赫然熊掌，黑不溜秋的，上面还附带着一些棕色的硬毛。据说熊掌须用水发，发好久好久，然后洗净切片下锅煨煮，又要煮好久好久。而且煨煮之时还要放进许多美味的东西以为作料。谁有闲工夫搞这个劳什子！熊掌既为八珍之一，干脆，转送他人。

所谓八珍，历来的说法不尽相同，《礼记·内则》提到的“淳熬、淳母、炮豚、炮牂、捣珍、渍、熬、肝膋”，描述制作之法，其原料不外“牛、羊、麋、鹿、麇、豕、狗、狼”，近代的说法好像是包括“龙肝、凤髓、豹胎、鲤尾、鸮炙、猩唇、熊掌、酥酪蝉”。其中一部分好像近于神奇，一部分听起来就怪吓人的。所谓珍，全是动物性的。我常想，上天虽然待人不薄，口腹之欲究竟有个限度，天下之口有同嗜，真正的美食不过是一般色香味的享受，不必邪魔外道地去搜求珍异。偶阅明人徐树丕《识小录》，有《居服食三等语》一则：

> 汤东谷语人曰：“学者须居中等屋，服下等衣，食上等食。何者？茅茨土阶，非今所宜。瓦屋八九间，仅藏图书足矣。故曰中等屋。衣不必绫罗锦绣也，夏葛冬布，适寒暑足矣。故曰下等衣。至于饮食，则当远求名胜之物，山珍海错，名茶法酒，色色俱备，庶不为凡流俗士，故曰上等食也。”

中等屋、下等衣，吾无闲言。唯所谓上等食，乃指山珍海错而言，则所见甚陋。以言美食，则鸡鸭鱼肉自是正味，青菜豆腐亦有其香，何必龙肝凤髓方得快意？苟烹调得法，日常食物均可令人满足。以言营养，则蛋白质、碳水化合物、菜蔬瓜果，匀配平衡，饮食之道能事尽矣。我当以为吃在中国，非西方所能望其项背，寻思恐未必然，传统八珍之说徒见其荒诞不经耳。

千里莼羹，末下盐豉

《世说新语·言语》二十六：“有千里莼羹，但未下盐豉耳。”赵璘《因话录》：“千里莼羹，未闻盐与豉相调和，非也。盖末字误书为未。末下乃地名，千里亦地名。此二处产此二物耳。其地今属平江。”今人杨勇《世说新语校笺》页六八：“宋本作‘但未下盐豉耳’。未下，当作‘末下’，‘但’字后人臆增。千里、末下皆地名。”盖亦袭赵璘语，更指但字为臆增耳。赵璘是唐朝人，想见唐写本即有此误，宋本因之耳。

末下即秣陵，可能不误。秣陵是古地名，其地点代有变革，约当今之南京。余曾卜居南京，不闻有特产盐豉。以余所知，杭州豆豉确是甚佳。因思莼羹与盐豉可能有涉，但余从先君及舅氏在杭州楼外楼数度品尝莼羹，均是清汤，极为淡雅，似又绝无调和盐豉之可能。古今烹调方法不同耶？抑各地有异耶？疑怀莫释。

宋人黄彻《碧溪诗话》卷九:“千里莼羹,未下盐豉,盖言未受和耳。子美‘豉化莼丝熟’,又‘豉添莼菜紫’。圣俞送人秀州云‘剩持盐豉煮紫莼’。鲁直‘盐豉欲催莼菜熟’。”似此唐宋之人亦有习于以盐豉调和莼羹者矣。吾欲起赵璘于地下而质之。

图书在版编目 (CIP) 数据

人间烟火，最是滋味 / 梁实秋著 . — 北京 : 中国民主法制出版社 , 2020.4
（名家经典典藏 . 梁实秋散文精选集）
ISBN 978-7-5162-1423-7

Ⅰ . ①人… Ⅱ . ①梁… Ⅲ . ①散文集 – 中国 – 现代
Ⅳ . ① I266

中国版本图书馆 CIP 数据核字 (2020) 第 030974 号

图书出品人 / 刘海涛
出 版 统 筹 / 石　松
责 任 编 辑 / 梁　惠　赵佰悦

书名 / 人间烟火，最是滋味
作者 / 梁实秋　著

出版 · 发行 / 中国民主法制出版社
地址 / 北京市丰台区右安门外玉林里 7 号（100069）
电话 / 010-63057714（发行部）　63055259（总编室）
传真 / 010-63056975　63056983
Http: //www.npcpub.com
E-mail: mzfz@npcpub.com
经销 / 新华书店
开本 / 16 开　710 毫米 ×1000 毫米
印张 / 12.75
字数 / 110 千字
版本 / 2020 年 6 月第 1 版　　2020 年 6 月第 1 次印刷
印刷 / 北京天宇万达印刷有限公司

书号 / ISBN 978-7-5162-1423-7
定价 / 45.00 元